アルバート家の令嬢は没落をご所望です 4

さき

21081

角川ビーンズ文庫

メアリ・アルバート
国一番の大貴族の令嬢。
前世でプレイした乙女
ゲームの記憶がある
特徴／ツンデレ元縦(ドリル)ロール
アディ
アルバート家に長く仕え
ている従者。
長い片想い期間を経て、
メアリの夫に!?
特徴／慇懃無礼
兄弟
パトリック・ダイス
アルバート家と並ぶ名門貴
族・ダイス家長男で、アリ
シアの夫
特徴／誰もが焦がれる王子様
アリシア
乙女ゲームの主人公で、庶民
出身の現王女
特徴／天然という名の攻撃

アルバート家の令嬢は没落をご所望です

人物紹介

パルフェット・マーキス

マーキス家令嬢。
ガイナスの婚約者

特徴／メアリ依存症（止まらない涙はデフォ）

ガイナス・エルドランド

パルフェットの婚約者

特徴／妻の尻に敷かれる生活（でも幸せ）

リリアンヌ

大学部で騒動を起こし、現在は北の大地に

特徴：『渡り鳥肉の卸業』

マーガレット・ブラウニー

狙った獲物は逃がさない
――バーナードと交際中

特徴／狩人精神

バーナード・ダイス

ダイス家三男

特徴／伸びしろたっぷり

ベルティナ・バルテーズ

隣国の令嬢。
交換留学でカレリア学園へ

特徴：ツンツンしつつ抜群の回復力

足置き(?)

正体不明

特徴／なぜか存在感発揮

カリーナ

メアリと同じく前世の記憶をもつ令嬢

特徴／麗しく優雅に冷気を放つ

本文イラスト／双葉はづき

平穏な学園生活をご所望です

心地好い日差しが降りそそぐアルバート家庭園。美しく咲き誇る花々が風に揺れ、そしてメアリの銀糸の髪もふわりと揺れる。ふわりと。

ぶぅんと縦ロールが揺れていたのはもう過去のこと。そんな日々を思い出しつつメアリが己の髪を愛でるように押さえれば、向かいに座るパトリックが「そういえば」と話し出した。

彼の隣ではアリシアが美味しそうにケーキを食べ、メアリの隣に座るアディがケーキスタンドとアリシアの皿を交互に見ている。おかわりのタイミングを窺っているのだろう。――メアリと結婚しても相変わらずアディの従者気質は抜けていない。というか、本人が抜こうとしていないし、メアリもアルバート家もそれで良いと考えていた――

「メアリ、君もエレシアナ学園への交換留学を断ったんだな」

「有り難い話だったけど、今回はカレリア大学で受けたい授業があるの。『君も』ってことはパトリックも断ったのね」

「色々と多忙でね」

暇がない、とパトリックが肩を竦める。

ダイス家の跡継ぎ交代、王家に入る為の準備……と、以前から多忙だったが、アリシアと正式に結ばれてからパトリックはより多忙を極めるようになった。もっとも、多忙といえども疲労の色は見せず、きちんとこなしてお茶の席には顔を出しているのだから流石の一言である。

「アディ、お前にも話はあったのか？」

「えぇ、学園側から先日お話を頂きました。一応俺もアルバート家に婿入りしたわけですし。といっても、お嬢が断った時点で俺も行く気はありませんでしたけどね」

あっさりとアディが告げ、アリシアの皿にケーキを一つ載せる。

次いで彼はケーキの横に添えられていたイチゴを一つ取り、メアリの皿の端に盛られたクリームに添えた。

いったい何だとメアリが彼を見上げれば、錆色の瞳がじっと見つめてくる。赤いイチゴに視線を誘導され、顔を上げれば錆色の瞳……。

「お嬢の隣が俺の居場所。お嬢がカレリア大学に残るなら、俺だって残ります」

「……アディ」

錆色の瞳に見つめられ、メアリの胸が高鳴る。

なんて情熱的で愛を感じさせるのだろうか。二人きりであったなら、たとえ日中の庭園でもキスぐらい許してしまいそうな熱意だ。だが残念ながら今は二人きりではないので、

「そろそろ二人の世界から戻ってきてくれないか？」

とパトリックが遠慮なく割って入り、

「駄目ですよ、パトリック様！　こういう時は見て見ぬふりをするんです。さぁ後ろを向きますよ！　私達は何も見ていないんですから！」

　アリシアがガタガタと椅子を動かし、白々しい気遣いをしてくる。

　酔いしれかけていたメアリも、これには興が削がれたと言いたげに溜息を吐いた。アディも同様、先程までの情熱的な表情を今は苦笑に変えている。

　次いでメアリはアリシア達に視線をやると、「邪魔しないでよ」という意味合いを込めてツンと澄まして不機嫌を露わにした。

「アリシアさんも断ったらしいわね。田舎臭さから解放されるまたとないチャンスだったのに、残念だわ」

「エレシアナ大学にも行ってみたかったんですが、私も色々と忙しいんです」

「あらそうなの？　他人の家に不躾に入り浸ってるかと思っていたけど、ばたばたみっともなく走り回ってるのね」

「でも本当は……私、パトリック様と離れたくなくて。お忙しいからこそ、一緒に居られる時間を大事にしたいんです」

「嫌味が効かないどころか惚気で反撃しないで！　パトリックも、なに嬉しそうにしてるのよ！　そもそも二人で居られる時間を大事にしたいなら、他人の家でお茶なんかしてるんじゃないわよ！　いい加減お茶代と場所代を請求するわよ！」

　キィキィとメアリが喚く。

　だがいくら喚いたところでアリシアは嬉しそうに微笑んでいるだけだ。メアリの訴えは微塵も効いていない。今更な話でもあるが。

「エレシアナ大学の皆さんと一緒に勉強、楽しみですね、メアリ様！」

「なにが楽しみよ。仮にも王女の立場なんだから、その田舎臭さを振りまいて学園と国の名に泥を塗らないでちょうだいよ」

「うふふ、はぁい！」

「ねぇちょっとは傷ついてよ！」

こっちの心が折れそうよ！　とメアリが訴えれば、アディとパトリックが顔を見合わせて肩を竦める。相変わらずだとでも言いたいのだろう。

そんな男二人の態度もまたメアリの怒りを膨らませるのだが、これ以上騒いでもこちらが疲労するだけだと己に言い聞かせた。心の中で揚げたての美味しいコロッケを思い浮かべ、気持ちを落ち着かせる。

そうして深く息を吐き、改めて茶会の席を見回した。

楽しみだと嬉しそうに笑うアリシアと、そんな彼女を愛しそうに見つめるパトリック。それに自分の隣にはアディ。いつもの顔ぶれだ。

エレシアナ学園との交換留学が始まれば、ここに更にパルフェット達が加わる。皆で過ごす時間は今より騒々しく賑やかで、楽しくて……。

そこまで考え、メアリがはたと我に返った。慌てて頬を押さえる。

楽しみと心から思い、そして思うがゆえに表情が緩んでしまったのだ。きっと自分は嬉しそうに柔らかく微笑んでいた事だろう。それを悟られるのはなんだか気恥ずかしい。

誤魔化すためにティーカップに手を伸ばし、ぐいと呷るように飲む。貴族の令嬢としてはしたない行為だが、見知った顔しかない茶会だ、今更気にするまい。なにより今は交換留学を前に綻んでしまう表情を隠すのが優先である。

　そんなメアリの意図を察したのか、苦笑を浮かべたアディが紅茶のおかわりを差し出してきた。

「楽しみですね、お嬢」

　促すように彼に告げられ、メアリはなんと答えて良いのか分からず……、

「今より騒々しいなんて、うんざりしちゃうわ」

　ツンとそっぽを向いて答えた。

第一章

交換留学の手紙を最初に受け取ったのは、ガイナス・エルドランドである。

彼は学園からの使いに礼を告げ、さっそく封を開けて中を確認した。

綴られている文面は事前に知らされていた通り、エレシアナ学園とカレリア学園の交換留学について。それらを読み進めるガイナスの表情は渋く、それどころかプレッシャーを感じているかのような重々しい溜息を吐いた。とうてい交換留学に選ばれた者の態度ではない。

だがガイナスがこんな態度を取るのには理由がある。

元々この交換留学は、両学園の交友を深め生徒の見聞を広げるためのものだ。短期間ではあるが、両国の若者が関係を深めるのは社交界的にも得になる。

だがエレシアナ学園側の考えはそれだけではない。他の目的がある、むしろそちらに重きを置いていると言えるだろう。

それは以前にエレシアナ大学で起こった事件、他でもないリリアンヌの件だ。特例で入学してきた庶民の女子生徒が大学に通う子息達を虜にし、各家の婚約関係を破綻させた。

アルバート家の令嬢であるメアリを巻き込み、そのうえリリアンヌの動機はダイス家嫡男パトリックへの横恋慕……。エレシアナ大学の、むしろ学園全体の面目丸潰れである。

つまりこの交換留学は、エレシアナ学園側からしてみれば名誉挽回のまたとない機会なのだ。

その話を学園関係者から聞かされた時のことが脳裏を過ぎり、ガイナスが小さく呻いた。他でもない、ガイナスもまた当事者、リリアンヌに恋心を抱き彼女を取り囲んだ一人なのだ。

それを思い出せばふがいなさが胸に湧く。話を聞く最中、何度も頭を下げ、「その節はご迷惑を」と詫び続けた。

だからこそ課された役を全うすべきだ。そう考え、ガイナスは近くに居たメイドにマーキス家に向かう馬車の手配をと告げた。

本来であれば、ガイナスは交換留学に選ばれるような人物ではない。

それでも彼が選出されたのは、エレシアナ学園からの『問題を起こした生徒も、今は更生しています』というアピールのためである。ガイナス自身も、アピールするならば自分が妥当だと理解している。

なにせ、他の男達はいまだ元婚約者を追いかけたり、他家との縁談を求めて奔走していたりと落ち着いていないのが殆どだ。他国に出せるわけがない。

なにより酷いのが……。

「あれは……あいつは駄目だ。国から出すわけにはいかない……！」

馬車の中でガイナスが体を震わせる。

共にリリアンヌを囲んだ学友、その中の一人を思い出したのだ。正確に言うのであれば、学友の悲惨な現状と、その背後に君臨する冷ややかな令嬢を思い出したと言うべきか。

言わずもがな、カリーナと彼女の元婚約者である。

なんと恐ろしいのか。足元から底冷えするような寒気を覚え、震えが止まらない。

だが交換留学を前に風邪をひくわけにはいかない。そう己に言い聞かせ、脳裏に浮かぶ二人にお帰り頂く。……脳裏に浮かぶ令嬢が高らかに学友を引きずり連れて行くのだが、その光景が妙に鮮明なのは先日見たばかりだからだろう。


そうして暖を求めてマーキス家に辿り着けば、

「メアリ様、メアリ様……！」

庭で切なげにパルフェットが泣いていた。

晴れやかな日差しが差し込む庭、美しい花々に囲まれながら涙する少女の姿は麗しくもあり、見る者の胸を切なく痛めさせる。……はずだが、メイドも庭師もさほどパルフェットを気にする様子はなく、各々の仕事をこなしていた。

それどころか、泣いているパルフェットに対してメイドが「ケーキと紅茶をお持ちします」と問答無用で告げている。

非道と言うなかれ、マーキス家において、パルフェットがメアリを想って泣くのは日常的な事なのだ。──ちなみにパルフェットの返事は「メアリ様、メアリ様……チョコレートケーキを……メアリ様ぁ……！」というものだった──

「パルフェット」

「……メアリ様……あら、ガイナス様……メアリ様？　ガイナス様……？」

「混乱しないでくれ、俺だ。座っても良いか？」

ガイナスが許可を求めれば、パルフェットがスンスンと洟をすすりながらも向かいの席へと促してくる。

そうしてメイドが運んできた紅茶を飲み、チョコレートケーキを一口食べ、パルフェットが切なげに「メアリ様ぁ……」と呟いた。

「パルフェット、交換留学の件は残念だったな」

「メアリ様と一緒に勉強をしたかったんですが……」

パルフェットがしょんぼりと項垂れる。

それを見て、ガイナスは慰めの言葉と共に自分のチョコレートケーキをそっと彼女のもとへと寄せた。

パルフェットが泣いている理由は——いつも泣いているので、『今泣いている理由は』といった方が正しいか——交換留学に選ばれなかったからである。

理由はひとえに、マーキス家がエレシアナ学園において低い地位にあるからだ。学園は社交界の縮図、家柄はそのまま生徒の扱いに反映される。

だがパルフェットはメアリに可愛がられ、アリシアとはケーキ友達。そんな彼女を学園側も選びたいと思っただろう。だがあまりに個人間の私情を優先し過ぎては、他家が黙っていない。『マーキス家よりうちの方が』と、こういう意見があがりかねないのだ。これもまた学園が社交界の縮図だからこそである。

ゆえにパルフェットに交換留学の話はあがらなかった。……一応、建て前上は、だが。

「パルフェット、俺から学園長に話をしようか？」

「ガイナス様が？」

「あぁ、俺が話せば学園長も聞いて下さるし、他の家も口を挟めないだろう」

「よろしいんですか？」

「もちろんだ。……というか、向こうも元々そのつもりだし」

最後にポツリとガイナスが呟く。

だがパルフェットにはその言葉は届かず、彼女はこの提案に瞳を輝かせている。先程まで泣いていたのが嘘のようだ。周囲の花々の効果もあって、ガイナスには眩くさえ見える。

そんなパルフェットの愛らしさに見惚れ……ガイナスがコホンと咳払いをした。佇まいを直し、緊張を気付かれまいと平静を装う。

だがいかに取り繕っても元来不器用な男だ、「でもなぁ」と呟いた声はどこか上擦っている。

「ガイナス様、どうなさいました？」

「も、もちろん学園長に話をするのは構わない。俺もカレリア学園に行くならパルフェットと一緒が良い。だけど、その……学園長に話をするのも時間と労力がいるというか……」

しどろもどろになるガイナスを、パルフェットが探るようにじっと見つめる。

次いで彼が何を言おうとしているのかを察し、はっと息を呑んだ。

「そう、そうなのですね……ガイナス様！」

「パルフェット、俺は……」

「分かりました。メアリ様と過ごすため、ガイナス様と結婚いたします！」

「望むのは烏滸がましいと分かっている、それでも今だけはパルフェットから……結婚!?」

「ガイナス様は『口添えしてほしければ俺と結婚しろ』と仰るのでしょう!? メアリ様と過ごすためならば、その条件のみましょう！」

「違う！ そんなこと言うわけがない！」

「そんなこと!? ガイナス様は私と結婚するつもりがないのに婚約者でいるのですか！」

「違う、それも違う！ 結婚はしたい、おおいにしたい！ だがそうじゃなくて、俺が言おうとしたのは……！」

「言おうとしたのは!?」

「パ……パルフェットからキスして欲しいと、そう言おうとしたんだ！」

真っ赤になったガイナスが自棄になったように声をあげて言い切る。だが恥ずかしさに負け、言い切るやすぐさま俯いてしまった。

シン、と嫌な沈黙が漂う。

メイドや庭師の足音さえ聞こえてきそうな沈黙に耐えかねて、ガイナスが「すまない」と呻くように口にした。

「俺からしたことはあるが、パルフェットからはしてくれていないだろ……。だから、その……

…嫌ならいいんだ。学園長にはきちんと話をする……」

「分かりました」

「……パルフェット！」

ガイナスがぱっと顔を上げる。

その瞳に映ったのは、キスを強請られ顔を赤くする可愛い婚約者……ではなく、覚悟を決めたとキスをしようとしてくる魅力的な婚約者……でもなく、

「メアリ様と過ごすため、ガイナス様お覚悟を！」

と、勢いよく自分に飛び掛かってくる婚約者の躍動感あふれる姿だった。

長閑なマーキス家の庭に、男女一組と椅子が引っ繰り返る盛大な音が響いた。

パルフェットとガイナスがマーキス家で引っ繰り返ったのとほぼ同時刻、ブラウニー家に二通の手紙が届いた。

一通はブラウニー家令嬢のマーガレット宛。もう一通は、彼女に招かれてお茶をしていたカリーナ宛。二人の令嬢は受け取った手紙を確認し、穏やかに微笑んだ。

「学園長によろしくお伝えください」というマーガレットの言葉にも、「わざわざありがとうございます」というカリーナの労いにも余裕が感じられる。

もちろん、二人共事前に聞かされていたからだ。さすがに学園側の生々しい体裁云々までは

聞かされてはいないが、おおかたの予想もついている。

「交換留学、楽しみね」

「ええ、早く行きたいわ。交換留学の話が出てから、バーナードがいつも手紙の最後に『待っています』って書いてくれるのよ」

「……また始まった」

「バーナードの学部ではまだ交換留学をしないそうなの。彼ってば『貴女を迎えられるから、今だけはこの年齢で良かった』って、嬉しいことを言ってくれたの」

「交換留学は高等部からよね。彼が高等部に上がる頃には、私達は卒業してる。彼なら選ばれるのは間違いないし、そうなったら今度は彼を迎えるのね。良い年齢差じゃない」

　カリーナの言葉に、マーガレットが満足気に頷く。次いで穏やかに微笑むのは、はたしてこれから会うバーナードを想ってか、それとも高等部に上がった彼を想像してか。

　どちらにせよ狩人とは思えないマーガレットの表情に、カリーナがこれ以上惚気られるのはたまらないと荷造りへと話題を変えた。

　といってもカリーナもマーガレットも貴族の令嬢である。荷造りは己の手ではやらず、全てメイド任せ。ならば何を話すのかと言えば、洋服は何着新調しようだの、トランクはどこに作らせようだの、まさに貴族の令嬢といったものだ。

　そんな話の最中、カリーナが「荷物……」と呟き、ひょいとテーブルクロスをめくって足元を覗き込んだ。

対してマーガレットはただ静かに紅茶を飲みつつ、目の前の友人を見つめる。淹れたばかりの紅茶がぬるく、むしろ冷たく感じるのは気のせいだろうか。

「足置きはトランクに入るかしら？」

首を傾げつつ穏やかな声でカリーナが尋ねる。

それに対してマーガレットはもう一口紅茶を飲み、

「エレシアナ大学の名誉のため、絶対にそれは連れていかないでちょうだい」

とはっきりと友人の奇行を事前に阻止してやった。

……テーブルの下にある、もとい居る、足置きのことは見ないようにしつつ。

交換留学初日、メアリはアルバート家の玄関口にいた。

来客を迎えるためのそこはさすがアルバート家と言える豪華さだが、メアリにとっては見慣れた光景でしかない。長くアルバート家に仕えていたアディも同じく。

そして毎日のようにアルバート家を訪問し、今日もまた朝から居たアリシアも同様。ちなみに『朝から来た』ではなく、『朝から居た』である。

「……ところでアリシアさん、今朝は当然のようにお母様と朝食をとっていたけれど、なぜ呼んでもいないのに居るのかしら？」

「パルフェットさんが会いに来ると聞いて、居ても立ってもいられず来ました！」

アリシアが元気いっぱいに返せば、メアリが睨みつけ……次いで溜息を吐いた。

彼女の早朝訪問は今に始まったことではなく、言ってもどうしようもないと薄々諦めかけているからだ。最近では厨房も当然のようにアリシアの朝食を作り、逆に来ない日に厨房に連絡を入れなくては一食余るくらいである。アルバート家が当然のように彼女の早朝訪問を受け入れてしまっているのだから、メアリの心が折れかけてしまうのも無理はない。

だが仮にもメアリ・アルバートたるものが諦めの姿勢を見せてはいけない。そう考え、せめてと「招待もなく訪問するのが田舎作法なのね」と最後の一撃を放っておく。

それを聞いて、メアリの隣にいたアディが小さく笑った。

「そうは言っても、お嬢も今朝はいつもより早く起きていたじゃないですか。交換留学で皆さんが来るのが楽しみだったんでしょう？」

「別に、たまたま早く起きただけよ。アディだって早く起きたらしいじゃない、メイド達が話してたわよ。人のこと言えないわ」

「……俺はアリシアちゃんの早朝訪問に叩き起こされただけです」

「仇は討つわ！」

ペチン！　とメアリがアリシアの額を軽く叩く。それに対してアリシアの「だって楽しみだったんです……！」という言い分はなんとも彼女らしい。

そんな二人のやりとりを横目に、アディがふわと欠伸をもらした。

だが次の瞬間に背筋をただしたのは、アルバート家の門を一台の馬車が通り抜けたからだ。従者としての習性か、たとえ眠くとも来客の気配を感じ取れば一瞬にして意識が覚醒する。

「お嬢、マーキス家の馬車です。パルフェット様がいらっしゃいましたよ。もう一台来ていますけど、どなたのものでしょうか。ガイナス様は学園で手続きでしたよね？　ねぇお嬢、聞いてます？　お嬢？」

「待って、あと二発ぐらい……！」

ペチンペチン！　と威勢よくアリシアの額を叩き、メアリがふぅと一息吐いた。次いでスカートを正し令嬢らしい凛とした佇まいに戻る。

その切り替えの早さは見事の一言で、先程までの引っ叩きぶりが嘘のようだ。この麗しい令嬢が、つい数分前まで自国の王女の額を引っ叩いて居たとは誰も思うまい。

そうして待てば、二台の馬車が屋敷の前でゆっくりと停まった。先頭を走っていた馭者が一度メアリ達に頭を下げ、馬車の扉を開ける。

そこから飛び出したのは勿論パルフェットだ。待っていられない！　と言わんばかりに飛び出し、「メアリ様ぁー！」とパタパタと駆け寄ってくる。

まるで子犬のようではないか。といってもパルフェットは些か足が遅いので、子犬のような明るさはあっても素早さは無い。むしろ転ばないかとハラハラしてしまう。

だがそれもまた愛らしく、これにはメアリも表情を綻ばせて両腕を広げると受け入れの姿勢を見せた。──「メアリ様、私が走るといつも『はしたない！』って怒るのに」とは、唇を尖らせてメアリの甘やかしを訴えるアリシア。それを聞いたアディが「速度の問題じゃないかな」と明後日なフォローを入れた――

そうしてパルフェットが駆け寄り、ポスンとメアリに抱き着く。

「メアリ様！」

「アディ様！」

響いた声に、メアリも穏やかに微笑んだ。

だが次の瞬間におやと眉間に皺を寄せたのは、自分を呼ぶパルフェットの声に、もう一人別の声が被さって聞こえたからだ。

聞きなれない高い声。その声が呼んでいたのは……アディ。

どういうことかとメアリが隣に立つアディを見れば、一人の少女が彼に抱き着いているではないか。思わずメアリがパチンと瞳を瞬かせた。

「アディ、その方はどなた……？」

「……どなたでしょう」

アディが錆色の瞳を丸くさせながら、自分に抱き着く少女を見下ろす。

そっと肩に触れて離れるように促してはいるものの、まだ状況が飲み込めていないのだろう。

メアリも同様、目の前の光景に唖然とし、パルフェットにも、ましてやパルフェットに乗じて抱き着いてくるアリシアにも対応出来ずにいる。

だがアディに抱き着く少女だけは己に向けられる視線に気付き、「まぁ」と声をあげると彼から離れた。スカートの裾を摘まみ優雅に腰を落とせば、栗色の髪に飾られた大きなリボンが揺れる。

「失礼いたしました。私、ベルティナ・バルテーズと申します」

「……ベルティナ様、ですか。申し訳ありません、どこかでお会いしましたか？」

「いえ、初めてです。申し訳ありません、ついお会い出来たことが嬉しくて」

人懐こい笑顔でベルティナが話す。

その瞳は真っすぐにアディに向けられ、頬がほんのりと赤らんでいる。愛おしいと言わんばかりに熱っぽく、初対面の相手に向ける表情ではない。

対してアディはまだ話が分からないと言いたげだ。それでも抱き着かれた事とベルティナの視線に怪訝そうな表情を浮かべ、さり気なく一歩メアリに近付いてきた。初対面で抱き着かれたことが応えたのか、心なしか身構えているようにさえ見える。

おかしな少女だと思う。だがその身形や仕草を見るに相応の家柄の令嬢だとも分かる。ゆえに無礼な態度は取れず、ひとまず距離を取ろう。……今のアディの胸中はこんなところか。

それでも何かしら言おうとしたのか、アディが口を開きかけ、騒々しく聞こえてきた馬車の音に顔を上げた。メアリもまた、己に抱き着いているアリシアとパルフェットを引き剝がしつつ彼の視線を追う。

絢爛豪華なアルバート家の門を、またしても馬車が通ってくる。

そうしてメアリ達の前で停まると、一人の男性が降りてきた。

エレシアナ学園の学園長だ。彼は挨拶どころではないと言いたげにベルティナに駆け寄り、良かったここに居たのかと彼女の安否を喜びだした。

次いで我に返ったかのようにメアリに向き直ると、突然の訪問を詫びる。だが詫びられてもメアリには何が何だかさっぱりだ。

ひとまず再び抱き着いているアリシアとパルフェットを引き剝がし、令嬢らしく学園長に品の良い挨拶を返す。――それが終わると再び二人が抱き着いてくるのだが――

「メアリ様、このたびは突然押しかけてしまい申し訳ありません」

「いえ、構いません。……ほら、学園長の前なんだからちゃんとしなさい！　抱き着かないの！　だからって泣かない！」

もう！　とメアリがまとわりついてくるアリシアとパルフェットを窘める。パルフェットが「メアリ様にお会いできたことが嬉しくて……」と恥じらい、アリシアも「私もつい」と頰を搔く。――アリシアに至ってはアルバート家に日参していて何が「つい」なのか――

だが二人共メアリに窘められたことで我に返ったのか、令嬢と王女らしい態度で学園長に挨拶をした。

「アリシア王女、せっかくご友人とお過ごしのところをお騒がせして申し訳ございません。我が校の生徒が道に迷ったと聞きまして」

学園長が詫びれば、話を聞いていたベルティナが非は自分にあると割って入った。

「道に迷っていたところパルフェット様の馬車を見つけ、カレリア学園に向かうのだと思って付いてきてしまったんです。まさかアルバート家に向かっていたなんて……」

予想外だったとベルティナが話し、淑やかに頭を下げてメアリに詫びる。だが顔を上げた瞬間の彼女の瞳は僅かにメアリから逸れ、アディへと向けられている。

それも一瞬のことで、すぐさま学園長に向き直ってしまった。

「学園長、私手続きがまだなんです。カレリア学園に案内してくださいますか？」

「ええ、もちろんです。……おや」

ふと学園長が何かに気付いて振り返った。

誰もが彼の視線を追えば、またもアルバート家の門を一台の馬車が通り抜けてくるではないか。車体に彫り込まれているのはカレリア学園のエンブレム。

これにはメアリも「今日はお客様がいっぱいねぇ」と優雅に笑い、アディはお茶を出すべきかとそわそわしだす。ちなみにアリシアとパルフェットはメアリと学園長の話を大人しく聞いていた。大人しく……徐々にメアリとの距離を詰めつつ。

「ここにいらっしゃいましたか、ベルティナ様」

「カレリア学園の学園長まで。わざわざ申し訳ありません」

「いえ、ご無事で良かった。ベルティナ様の馬車だけはぐれてしまったと、ご学友が心配しておりますよ」

「まぁ……！」

大変！　とベルティナが大袈裟な態度を取る。

そうしてメアリに向き直ると、スカートの裾を摘まんで腰を落とした。

「メアリ様、皆様、お騒がせして申し訳ありません。私これで失礼いたします。後日改めてお詫びに参りますので。……ではまた」

そう謝罪の言葉を口にするベルティナの姿はまさに令嬢だ。謝罪の意思も伝わってくる。

……だが、メアリに対して話しつつもチラチラとアディを見ているのは気のせいではないだろう。それどころか「ではまた」という最後の言葉は、殆どアディを見つめながらといっても良いぐらいだ。

アディもそれに気付いているのか、なんとも言えない表情をしている。

だが今はそれを言及する気も起きず、まずは彼女達を見送ろうとメアリもまた令嬢らしく返した。

「お詫びなんて、気にしなくて大丈夫よ。でもこれも何かの縁、いつでも遊びにいらしてくださいね」

というメアリの言葉はもちろん社交辞令だ。被った猫が発したものにすぎず、我ながら心がこもっていない。――メアリはあくまでベルティナに言ったつもりだ。だがどうして横から「はい！　毎日遊びに来ます！」「ふぁぁ、光栄です……！」という歓喜の声が聞こえてくるのだろうか――

そんなメアリの疑問を他所に、ベルティナは一礼すると己の馬車へと戻っていった。学園長達もそれを見届け、続くように各々が乗ってきた馬車へと戻る。

その際、二人が揃ってメアリに対して頭を下げた。毛髪の寂しくなった頭皮が晴れやかな日の光に晒され、キラッと一瞬光った。

眩しい、とメアリが瞳を細め……その瞬間に思い出した。

この世界はもう乙女ゲームではない。

……だけどまだ少しドラ学なのだ。

メアリが前世でプレイした乙女ゲーム『ドキドキラブ学園』は、アリシアが主人公となる本編とファンディスク、舞台とキャラクターを変えた続編、この三作品でゲームは終わっていた。

……ゲームは、終わっていた。

「ねぇアディ、ちょっと話があるんだけど」

メアリがアディに声を掛けたのは夕食前。

ベルティナと学園長達を見送った後、アリシアを追い返そうとするも失敗し、アルバート家の一室で茶会になり、またもアリシアを追い返そうとするも失敗し、なぜか彼女お薦めのケーキ屋巡りに連れ出され、そして夕方になって回収に来たパトリックとガイナスにアリシアとパルフェットを押し付けて今に至る。

色々とあったがようやく夕食前の穏やかな一時を迎えたのだ。

だが穏やかとは言い難いメアリの深刻な声色に、アディがいったい何事かと首を傾げた。

「話ですか？　構いませんが。俺の部屋に来ますか？」

「大丈夫よ。ちょっとそこらへんの部屋で済むわ」

「俺の部屋にどうぞ」

「だから大丈夫だって。庭園でも良いわね」

「俺の部屋に」

「節度？」

「すみませんでした！　庭園に行きましょう！　お茶の用意をしてまいります！」

メアリが拳を握ってみせれば、アディが身の危険を感じて慌てて去っていった。

脇腹を押さえながらなのは、今までくらった節度拳の痛みが蘇っているからだろう。ちょっとしたトラウマとも言える。

そんな背中を見つめ、メアリは肩を竦めつつ庭園へと向かった。

「あにめいしょん……ですか？」

というアディの言葉は、まるで異国の言葉を聞いたかのようだ。頭上に特大の疑問符が浮かんでいる。

夕暮れ時の風が錆色の髪を揺らすが、今はその心地好さを堪能している余裕はないのだろう。

「そういえば以前にも話してましたが、あにめいしょんとやらは何なんですか？」

「アニメーション、アニメっていうのは……こう、なんか色々と凄い技術によって絵が動くことを言うのよ」

「漠然とし過ぎていてよくわかりませんが、ドラ学はアニメになったんですね」

「えぇ、アニメになっていたわ。アニメが放送されて、前世の私はそれを見ていた……はず。多分、確か、そんな気がしないでもないの」

「最後の方、随分とあやふやですが」

「思い出したとは言っても、記憶が断片的なのよ」

困ったわぁ、とメアリが紅茶を一口飲む。

だがその声色には困っている色合いは無く、前世の記憶を無理に思い出そうとしている様子もない。

なにせ元々、それこそ最初に前世の記憶を思い出した高等部の時から、メアリは前世の記憶などどうでもよかったのだ。

前世の自分がどんな人物であろうと、乙女ゲームの中のメアリ・アルバートがどんな性格だろうと、自分は自分。憐れみはするが同情はしない、何一つとして譲ってやる理由はない。

あくまで前世の記憶は知識であり、己の野望のため利用しようとしていたにすぎない。

それも、今はゲームとは大きく離れた現状にある。今更前世だの乙女ゲームだのに拘っていったい何になるというのか。

……だけど、

「あの子の態度は気になるわね」

メアリがポツリと呟いた。あの子とはベルティナの事である。

思い出されるのはアディに抱き着いていた姿。頬を赤らめうっとりとアディを見つめる瞳。

メアリや学園長達と話している最中でさえ、彼女の視線はチラチラとアディへと向けられていたのだ。

彼女がドラ学アニメの通りであれば、それは別の人物に向けられるはずのものなのに。

別の……そう、アリシアに。だけどベルティナはアリシアには見向きもしなかった。

「だから変なのよね。でも私の記憶も朧気だから、もしかしたら違っているのかも。ねぇアディ、どう思う？　……アディ？」

ねぇ？　とメアリが返事を求める。

だがそれに対して、アディは渋い表情を浮かべたまま飲んでいた紅茶のカップをそっとソーサーに戻し……そしてすっと己の両耳を押さえた。

美しい庭園とのギャップでやたらと間の抜けた姿に見えるが、いっさい話を聞くまいという強い意志が伝わってくる。

これにはメアリも「なによ！」と声を荒らげ、アディに近付くと耳を塞いでいる彼の腕を掴んだ。離そうと力を込めれば、アディもまた「絶対に聞きません！」と力を入れて抵抗の姿勢を見せてくる。

「妻でもあり主人でもある私の相談に対して、その態度は何よ。話を聞きなさいよ！」

「嫌です、絶対に聞きません！」

「失礼よ、無礼よ！　愛が無いわ！」

「愛はあります、溢れるほどあります！　ただ絶対に聞きません！　無礼上等！」

「言い切ったわね！　良いわよ、そこまで言うなら……というかさっきから会話してるんだから、聞いてるんじゃない！」

　メアリが喚きつつアディの腕をペチンと叩く。

　そうして若干乱れた呼吸を整えつつ再び椅子に戻った。アディはいまだ己の耳を塞いで断固聞くまいという姿勢を見せているが、力勝負では彼に勝てるわけがない。というより今の状況で会話が成立しているので問題は無いだろう。

　だがそれでも失礼な事には変わりなく、メアリがアディを睨み付けた。

「なんでそこまで私の話を聞くのが嫌なのよ」

「お嬢が前世を思い出すたび、お嬢のことが大好きな人が増えるんです」

「私のことが大好き？　何を言ってるのよ、そんな物好きそういるわけがないでしょ」

「俺がアルバート家の屋根に上って明かりを三度振ると、王宮からアリシアちゃんを乗せた馬車がやってきます」

「あの子は別に……なにそのシステム!?」

いつの間にそんなシステムが！　とメアリが慌てて己の屋敷の屋根を見上げる。

アルバート家は国内一の名家。それどころか王家と並ぶといっても差し支えない。当然屋敷も豪華で高さもある。屋根に上って明かりを振れば遠目でも分かるだろう。

それは分かる。……が、こんな利にもならないシステムを確立されても困る。

「ドラ学のアニメにベルティナさんに、我が家に確立されていた変なシステム……、考えることが多くて嫌になっちゃうわ」

「なんてお労しい」

「本当苦労しちゃう。……夫はまだ頑として耳を塞いでいるし」

「何も聞こえませんね」

返事はしつつも聞く姿勢を見せようとしないアディに、メアリがまったくと肩を竦める。

次いで「明日カリーナさんを呼びましょう」と話すのは、カリーナもまたメアリ同様に前世の記憶があるからだ。

はたして彼女がドラ学アニメの事を思い出しているかは定かではないが、少なくとも耳を塞いでいるアディよりは頼りになるだろう。

そこまで考え、メアリがチラとアディに視線をやった。

「聞こえてないのよね」

「はい、聞こえていません」

「そう、残念だわ。さっきのシステムについて、アディの部屋で話を聞かせて貰おうと思ったんだけど」

「俺の部屋で!?」

「話が長くなるようなら夕飯を運ばせて、二人でゆっくり……なんて提案しようと思ったんだけど、聞いてないなら仕方ないわね」

残念、とわざとらしく呟いてメアリが立ち上がる。

それとほぼ同時にアディが勢いよく立ち上がった。既に彼の手は己の耳から離れている。だがメアリはそれを見て見ぬふりしてツンと澄まし、彼の制止の声を無視して歩き出した。

いつもより少し足早に歩けば、アディが慌てて追いかけてくる。

「さぁそろそろ夕食ね」

「お嬢！　夕食なら俺の部屋で！」

「夕食の後は本でも読もうかしら。そうだわ、ドッグトレーナーに質問したいこともまとめておかなくちゃ」

「俺の部屋で過ごしましょう！」

メアリが独り言のように話しながら歩けば、アディがまとわりついてくる。腕を引いたり、肩に触れたり、髪に手を伸ばしかけ「ドリルと違ってなんて摑みにくい」とぼやいたり、あの手この手でメアリの気を引こうとしてくる。――ドリル云々に関しては、メアリの気を引こうとしているのか怒らせたいのか怪しいところではあるが――

そろそろ折れてやるか、それとももう少し粘ってみるか、今度はこちらから耳を塞いでも良いかもしれない。そんなことを考え、メアリが「なにも聞こえないわ」と悪戯っぽく笑った。


翌朝、メアリはさっそくカリーナをアルバート家へと呼んだ。

幸い今朝はアリシアの早朝訪問も無く、話をするには適している。

挨拶もそこそこにドラ学アニメの事を話せば、彼女もはっと息を呑み、深刻そうな表情を浮かべた。どうやらメアリの言葉を切っ掛けに思い出したようだ。

「カリーナさんはどこまで覚えている？　私は随分と朧気で……。確かアニメの主人公はアリシアさん、一作目がベースになっていて、ベルティナさんは主人公の友人で……あとコロッケが絶品で、ビシソワーズは国一番を誇れる美味しさ」

「お嬢、途中から昨日の夕飯です」

「私も詳しくは覚えていませんが……。確かアニメでは個別のルートには入らず、各ルートの要所を掻い摘んでいたような。……あとはヒールの高い靴で踏んだり、時には踵で」

「カリーナ様は一切何も思い出そうとしないでください」

アディが冷静にストップをかける。

それを聞き、メアリもカリーナと顔を見合わせて頷いた。二人共記憶は朧気で、無理に思い出そうとするとつい今の自分の記憶と混濁してしまう。

これは無理に思い出さずに、今ある情報だけを整理すべきだろう。あとメアリもカリーナの話はこれ以上聞きたくない。

そうしてあれこれと断片的な記憶を話し合えば、この世界はやはり未だに……という程ではないが、ほんの少しドラ学なのだ。

ドラ学アニメの舞台はカレリア学園高等部、ゲーム同様、主人公アリシアが入学するところから始まる。

一作目をベースにした話づくりで、それでいてゲームと違い誰とも結ばれずに終わった。といってもバッドエンドだったわけではなく、続編にあった逆ハーレムエンドとも違う。仄かな恋止まりの、青春と恋のストーリーだった。

その匙加減と、そしてゲームでは描けなかった攻略キャラクター同士のやりとり。二作目の要素も含まれており、作品の垣根を超えたキャラクターの共演。そういったものが視聴者のツボに嵌まり、アニメは大成功に終わった……と記憶している。

ベルティナ・バルテーズはそんなアニメのオリジナルキャラクターである。

アリシアを『アリシアお姉様』と呼び慕う妹系キャラクター。貴族の学園に通い格差や恋に悩むアリシアを支えていた……はずである。年が離れていたためメインキャラクターほど出番は無いが、出てくるとアリシアに抱き着いたりと接触が多く、屈託のない性格として描かれていた。

少なくとも、メアリとカリーナはそう記憶している。

「アディに抱き着く要素は欠片も無いはずよね……」

「そうですね、本来ならアリシア様に抱き着いているはず」

「……どうしてアディだったのかしら」

メアリが溜息を吐き、用意されていた紅茶を一口飲む。

温かく品のある味わいの紅茶だ。淹れてくれたのはもちろんアディ。

ベルティナの事を話しつつ彼を見れば、自然と昨日の光景が脳裏に蘇る。あの時、ベルティナはぴったりとアディに抱き着いていた。ダンスの時だってあれほど密着はしないだろう。

その理由をベルティナは「お会い出来たことが嬉しくて」と語っていたが、そのくせアディとは初対面で、アルバート家に来たのは道に迷った挙げ句だという。

おかしな話ではないか。その話の最中にだって、チラチラとアディを見つめていた。

「ベルティナさんも、もしかして私達みたいに前世の記憶が……。そう思いませんか、メアリ様。……メアリ様？」

「え？　えぇ……ごめんなさい、少し考え込んでいたわ。でもそうね、彼女も前世の記憶があるのかもしれないわ」

そう考えれば、アディに会えて嬉しくて抱き着いたという話も分かる。きっと感極まってしまったのだろう。

だけど、それはつまり……。

そこまで考え、メアリは胸元を押さえた。なにか嫌な気分になったのだ。胸と胃のあたりで熱のこもった靄が湧いたような不快感がまとわりつく。

「お嬢、どうなさいました？」

メアリの異変にいち早くアディが気付き、案ずるように問いかけてきた。

「大丈夫、なにか変な感じがしただけ。きっと無理に思い出そうとしたからね」

「なるほど知恵熱ですね」

「アディ、ちょっと黙って。カリーナさん、外に出ない？　少し風にあたりたいわ」

提案すると共にメアリが立ち上がる。その際にむぎゅとアディの足を踏むのは、言わずもがな知恵熱のお返しだ。

メアリを追うようにカリーナも立ち上がる。だがその最中にぐらりと彼女の体が揺れた。足を踏み外したのか、咄嗟に彼女の口から洩れた小さな悲鳴に、メアリが息を呑む。

慌てて手を伸ばすが届かず、手の先でカリーナの体が斜めになっていく。

だが転倒する直前、アディが片腕を伸ばして彼女の体を抱き留めた。

カリーナが目を丸くさせ、アディの腕と腰元にしがみついている。驚愕を隠しきれぬ表情も不格好な体勢も彼女らしくないが、本人も相当驚いているのだろう。

「カリーナ様、お怪我はございませんか？」

「は、はい……大丈夫です」

カリーナがゆっくりと体勢を立て直すが、その表情はいまだ焦りの色が残っている。

それを見て彼女が立ち直すまで支えようと考えたのか、アディは腕を貸したまま落ち着かせるように声を掛けている。背中に軽く手を添えているのは再び彼女がバランスを崩しても直ぐに支えるためだろう。

メアリだって、カリーナの近くにいて咄嗟に彼女を支えられたらそうしたはずだ。アディの行動は当然と言える。むしろ咄嗟の反射神経を褒め、友人を助けてくれたと感謝すべきだ。

……だというのに、どうして胸の内に再び靄が掛かるのか。

メアリの脳裏に、ベルティナに抱き着かれるアディの姿が蘇る。

その光景を掻き消すように小さく首を横に振り、メアリは案じるようにカリーナを呼んだ。

「カリーナさん、大丈夫？　どこか痛めていない？」

「えぇ、大丈夫です。ご心配をおかけしました。立ち上がり際に足を踏み外してしまって……。いつもは足置きを連れているので、その感覚で立ち上がってしまいました」

「そうなの。足置きを……足置きを、連れて、いる」

「はい。今回も連れてこようと思ったんですが、マーガレットさんに止められてしまって」

「やめて！　それ以上話さないで！」

分かったから！　とメアリが慌ててストップをかける。

カリーナが話す『足置き』。本来であれば『持ってくる』と表現するはずのそれを、どうして『連れてくる』と言ったのか。

まるで生き物のようではないか。

……生き物というか、人というか、元婚約者というか。

それを察した瞬間、メアリの背筋を冷気が走り抜けた。

アディも気付いたのか、支えに差し出していた腕をそっと引き、一歩また一歩とカリーナから距離を取り始めている。ちなみに背に触れていた手も分かりやすく離しており、まるでカリーナが触れてはいけないもののようではないか。……確かに触れてはいけない気もするが。

「とりあえず、彼も元気に……踏み外した道で元気に生活してるみたいで良かったわ」

「聞きます？」

「聞かない！」

ぴしゃりとメアリが拒絶すれば、カリーナがクスクスと笑う。足置きの事を思い出しているのか、その笑みは美しいが言い得ぬ冷気を放っている。

そんなカリーナを眺め、メアリが「もうドラ学なんて関係ないわね」と肩を竦めた。

没落どころか王族と懇意にし、北の大地に追放どころか北の大地で得た渡り鳥の肉で開業したメアリといい、新たな道を進んでいるカリーナといい、全てはもうゲームの域を出た。

ゲームの域を出たうえで、自分もカリーナも幸せを得たのだ。

ならば今更アニメだのと言われてどうしろというのか。

……だけど、

「なんだか落ち着かないわね」

そうメアリは胸元を押さえながら呟いた。

第二章

いくら交換留学といえども、カレリア大学に通い続けるメアリの生活はそう変わるものではない……はずだった。

確かに友人達はこちらに来ているし、アルバート家の令嬢としてエレシアナ学園の生徒達との交流を求められることは覚悟していた。渡り鳥丼屋の経営拡大の為にもツテを作る気でいたし、これを機に国外出店の計画を実行に移そうとも考えていた。

以前より少し賑やかになり、多少は忙しくなる。メアリの予定ではその程度だった。

ところが実際は、

「メアリ様、今日はお茶をして帰りましょう！　パルフェットさんも！」

「ふぁぁ、王女様直々のお誘い、光栄で涙が……！」

「メアリ様、今度私とパルフェットさんでコロッケを作ろうと思うんです！　ね、パルフェットさん！」

「メアリ様のお口に合うように頑張ります……！」

元気いっぱいにメアリの右腕を掴むのはアリシア。対してふるふると震えながら涙目でメアリの左腕にしがみつくのはパルフェット。

片や太陽のように明るく笑い、片や常に涙目。おまけにアリシアは上機嫌でメアリの腕を振ってきて、パルフェットは常に微振動を続けているのだ。

間に挟まれるメアリは堪ったものではない。もはやどちらを咎めて宥めれば良いのか分からず、左右からくる差のある振動に酔いかけ「誰か助けて！」と悲鳴をあげるしかない。

だが誰一人として助けにはこず、それどころか声を掛けてすらこない。今日も救援が来ないと悟り、メアリは背後を振り返った。そこに居るのは……、

「メアリ嬢、申し訳ありません。パルフェットはそれはそれはメアリ嬢に会える日を楽しみにしておりまして、そんなパルフェットを止めるなんて、俺には出来ません……！」

と無力を詫びるガイナス。

その隣では、

「メアリに迷惑をかけるのがアリシアだけじゃないと考えると、気分が楽になる」

と爽やかに笑うパトリック。

それと、

「まぁ学園内ではお嬢を取られても良いですよ。俺はもう諦めました。お嬢の生活が賑やかになるのは喜ばしいことですからね。……学園内にいる間はですけどね！　しいて言うなら夕方までですよ！」

メアリと過ごす権利は自分にあると訴えるアディ。

分かってますね！　とパトリックとガイナスに念を押すのは、このままアリシアとパルフェットがメアリを連れまわすことを前提に、夕方には二人を回収しろという事だ。必死なその姿

に、メアリが思わず「独占欲ね」と頬を緩めてしまう。

だがそんなメアリの惚気も一瞬で消えてしまうのは、

「ご機嫌よう、皆さん。アディ様！」

高らかな声が割って入ってきたからだ。

この声は……と記憶を遡りながらメアリが振り返れば、そこに居たのはベルティナ。

大きな白いリボンを頭に飾り、まさに令嬢と言わんばかりに堂々と立っている。ふんぞり返っているのは居丈高な性格ゆえか、もしくは小柄ゆえに少しでも大きく見せようという威嚇の姿勢か。

彼女はそのままツカツカと歩み寄ると、アディの目の前で優雅にお辞儀をしてみせた。彼にだけは愛想よく笑い、「本日は天気が良いですね」と猫なで声で話しかけている。

だがそんなベルティナに対し、アディは若干引きつった表情を浮かべ、

「……そう、ですね。天気が良いですね」

分かりやすい御座なりな挨拶で返した。隣国の令嬢相手に許されない態度だが、そもそもベルティナが露骨過ぎるのだ。じっとアディを見つめ、それどころか今日はどんな授業があったのかと尋ねだす。もちろん、これもまたアディにだけだ。

ちなみに、そんなベルティナを遠目で見ている令嬢達は彼女の取り巻きである。付かず離れず一定の距離を保ち、様子を窺っている。

やれ高等部の授業はどうの、カレリア学園はどうの……とベルティナがアディに話しかけ、

アディが素っ気なく返し……とひとしきりやりとりを続け、満足したのかベルティナがメアリへと向き直った。

途端にベルティナの表情が険しくなる。もっとも、元々幼い顔付きの彼女が険しい表情で睨み付けてきたところで迫力などあってないようなものなのだが。

「ところでメアリ様、いくらカレリア学園の生徒といえども、騒ぎ過ぎではございません？

我が物顔にも程がありましてよ」

「それに関しては同感だわ」

「私、常々先生方から『先輩を見習い立派な淑女に』と言われておりますが、これでは見習うなんて恥ずかしくて出来ません。メアリ様、私間違えておりませんよね？」

「そうね……」

ベルティナの棘だらけの言葉にメアリが瞳を伏せる。

なんて嫌味な言い方だろうか。悉くメアリの名前を出してくるあたり、毛嫌いしているのがヒシヒシと伝わってくる。

これに対し、どう返事をしようか……とメアリが考えを巡らせる。

チラと右腕を見て、次に背後を振り返る。そうしてベルティナに向き直り、「御尤もだわ」と彼女の棘だらけの意見に同感を示した。

「でもその苦情は、腕を掴んで離さない我が国王女と、マーキス家令嬢に訴えてくださる？

あとダイス家嫡男にして王子のパトリックと、貴女の国の名家エルドランド家嫡男ガイナスさんの監督不行き届きも。アルバート家令嬢である私は巻き込まれただけだから無罪だわ」

これでもかと家名と地位をアピールしてみる。

それを聞いて、ベルティナが小さく呻いた。家名を使うなどメアリらしからぬ戦法だが、彼女には効果抜群のようだ。慄きの色さえ見え、取り巻き達も分が悪いと判断したのか「ベルティナ様、今日はここらへんで……」と撤退を促している。

なにせベルティナのバルテーズ家は隣国でそこそこの位置にあるが、あくまでそこそこ。マーキス家よりは勝るが、エルドランド家よりは格下。もちろんアルバート家や王族とは比べられるものではない。

ベルティナ自身がそれを把握しているからこそ、悔しそうな表情でメアリを睨みはするものの反論は出来ずにいる。そうして最後に、ふん！　とそっぽを向くと、

「私、メアリ様に構っていられるほど暇ではありませんの。失礼致しますわ！」

捨て台詞を吐いて足早に去っていった。取り巻き達が彼女を追う。

まさに敗走である。ベルティナの白いリボンがまるで白旗のように見え、思わずメアリが肩を竦めた。

ベルティナの態度は露骨すぎて、アディへの好意とメアリへの嫌悪が全身から滲み出ている。隠す気は無いようで、その分かりやすさには怒りよりも呆れが勝ってしまう。もちろん彼女の言葉に傷ついたりなどしない。

なにせ、メアリは長く変わり者と陰口を叩かれ、そのうえパトリックを奪ったと他の令嬢達から嫉妬の炎に晒されていたのだ。あれと比べれば、年下の令嬢が正面切ってツンツンと発してくる棘など可愛いもの。

……だけど、

「メアリ様にあの態度、許せません！」

メアリの右腕に抱き着きつつ、怒りを露わにするのはアリシア。ドラ学アニメであればアリシアはベルティナに『お姉様』と慕われ、そして彼女の事を妹のように可愛がっていたはずだ。

だが今はその面影もなく、膨れっ面でベルティナが去っていった先を睨んでいる。

「その膨れっ面をやめなさいよ、みっともない。ベルティナさんの言う通り、カレリア大学の品位を下げるわ。むしろ我が国の恥よ」

「メアリ様への暴言……。これはお父様とお母様にお話ししなくては！」

「なにさらっと言ってるのよ。あんたのお父様とお母様は両陛下でしょうが。さり気なく国家問題に発展させるんじゃないわよ！」

「メアリ様のためならば、国を動かすことも厭いません！」

「厭いなさい！」

メアリ大事さのあまり恐ろしいことを言い出すアリシアを、メアリがペチンとその額を叩いて宥める。

だが次の瞬間にくいと左腕を引っ張られた。見ればパルフェットが涙目で、いや、涙目ながらに闘志を宿した瞳で見つめてくる。

「私もメアリ様のために……！　でもマーキス家ではアリシア様のように国は動かせません」

「そもそも動かしてほしくないの」

「かくなるうえは、ガイナス様と結婚し、名家エルドランド家夫人となってメアリ様のために戦います！」

パルフェットが覚悟の表情を見せる。その熱意により闘志を燃やしたのか、アリシアが「共に戦いましょう！」とパルフェットを煽り出した。メアリの目の前で二人が熱く握手を交わす。

闘志を宿す二人に挟まれメアリが溜息を吐き、すっと両腕を上げ……、

「私事で国を動かすんじゃないの！」

咎めると共に、ペシンペシン！　と二人の頭を叩いた。

それを見て、「国家間の問題を解決した。さすがアルバート家令嬢」とパトリックが白々しくメアリを褒め、隣に立つガイナスは「メアリ嬢、どうか一発で許してあげてください……！」と恩情を求める。そんな二人をアディが睨み付け「本来ならば二人が止めるべきなんですよ」と冷ややかに言い放った。

敗走を見せたベルティナが戻ってきたのは、それから僅か二時間後の事。メアリとアディが授業の移動がてらのんびりと学園内を歩いていた時だ。

先程の敗走が嘘のように高飛車な態度で現れ、頭上のリボンを大きく揺らしながらメアリに近付くと、これ見よがしにつっけんどんに挨拶をしてくる。

かと思えば途端に愛らしい笑みを浮かべ、アディに向き直ると彼の腕に触れるのだ。この変わりようは見事である。アディは引きつった表情を浮かべているのだが。

「アディ様、本日なにかご予定はございますか？　もし宜しければ、授業が終わりましたら私と一緒に……」

「申し訳ありませんが、本日は予定が詰まっておりますので。それでは失礼いたします」

「でしたら明日はどうですか？　私、市街地を見て回りたいんです。アディ様、案内してくださいません？　明後日でも構いませんの」

「少なくともこの交換留学中は多忙を極める予定です。そういうわけで失礼いたします」

アディが引きつった笑顔で断固拒否の姿勢を示す。

そうしてベルティナの手に触れるとそっと己の腕から彼女の手を離し、にじにじとメアリに寄ってきた。逃げているのだ。

その態度のなんと分かりやすい事か。ついにはメアリの背後に隠れてしまった。もっとも、メアリとアディの体格差は歴然としており、背後に隠れると言っても身を屈めるわけではないので彼の姿の大半は露見している。

そこから溢れる苦手オーラと言ったら無い。全身でこっちに来ないでくれと訴えている。

だがベルティナはそのオーラにも気付かず、今度はメアリへと視線を向けると「あら」とわざとらしい声をあげた。

「メアリ様、それは授業の教科書ですか？」

「ええ、そうよ」

「……アディ様に持たせてはいないんですか？」

「アディに？　だって私の教科書よ、私の持ち物じゃない」

自分で持って当然でしょ？　とメアリが返せば、ベルティナが不思議そうな表情を浮かべた。

「あれ？」だの「なんで？」だのと呟く声は心から疑問を抱いているようで、彼女の頭上に疑問符が浮かんでいそうなほどだ。首を傾げれば頭上のリボンがひらりと揺れる。

ちなみにベルティナも授業のための移動中らしいが、今日も今日とて背後に構える取り巻き達に全て持たせているのだろう。

「まぁ良いですわ！　メアリ様、その教科書を一冊貸してくださいません？　私、大学部の授業に興味がありますの」

借りる側とは思えない不遜な態度でベルティナが手を差し伸べてくる。

いったい何を考えているのか……とメアリが怪訝そうに彼女を見つめていると、アディが自分のものをと言い出した。ベルティナは苦手だが、彼女にメアリの教科書を渡すまいと考えたのだろう。

「まぁ、アディ様ってば優しいのね！　でもメアリ様の教科書をお借りしたいんです」

「俺とお嬢の教科書は同じものですよ」

「それならメアリ様のノートが見たいわ」

アディの申し出をかわし、ベルティナが差し出す手を軽く揺らして急かしてくる。教科書と言ったりノートと言い出したり、やたらとメアリの私物に固執してくる。なんとも怪しい話ではないか、何か企んでいるのが丸分かりである。

だが教科書で出来る事などたかが知れている。

汚したり、破いたり、その程度。どう足掻こうとチープな嫌がらせだ。

やられたところで、アルバート家の令嬢であるメアリにとって教科書の一冊や二冊は痛手にもならない。傷つきもしないし、嫌がらせにもならない。

……たとえば、これが庶民の女子生徒ならば別だろうが。

そこまで考え、メアリはベルティナに名を呼ばれてはたと我に返った。

「メアリ様、もしかして貸してくださらないのかしら？　なんて意地悪な方でしょう！」

「あらごめんなさいね、考え事をしていたわ。教科書ね」

どうぞ、とメアリが手にしていた教科書を一冊手渡した。適当に一番上にあった一冊、大学部の授業で使うものだ。

それを受け取った途端、ベルティナが「きゃっ！」と高い声をあげた。

「私ってば、ついうっかり破いて……！」

彼女のわざとらしい言葉を聞き、メアリが内心でやはりと呟いた。

やはり彼女はメアリの教科書を破くつもりだったのだ。

なんてチープな嫌がらせだろうか。品が無く、子供じみている。まるでどこぞの悪役令嬢のようだ。

……もっとも、当のベルティナはと言えば、

「やぶ……やぶい……かたいぃぃ……」

教科書を破こうと必死になり、切ない泣き言をもらしていた。

なぜ一冊丸々破こうと思ったのだろうか。

それも、本の作りを一切無視して真横に。

そうとう頑張っているようで、彼女の腕は震え、頭上のリボンまで揺れている。……だが教科書はビクともしない。

当然だ。なにせカレリア大学の教科書。表紙はしっかりとした厚紙を使用し、なにより五百ページを超えるボリューム。令嬢のついうっかりで破けるものではない。

「かたい……かたいぃ……！」

「無理よ、一冊丸々は諦めなさい。ほら、最初の十ページくらいなら覚えてるから、そこなら破けるでしょう」

「嫌ですの！　私はついうっかりと、この教科書を破いて……手が痛いぃ……！」

教科書を掴みつつベルティナが悲鳴をあげる。

これにはメアリもどうしたものかと考え、他に破きやすそうな教科書はないものかと手元を覗き込んだ。箱入り令嬢のベルティナでも破けそうな、そんな柔な作りの教科書は……。

そんなものあるわけがない。ならばノートはどうか？

そうメアリが考え、試しにノートを数ページ破いてみようとした瞬間、

「いったい何をしてるんだ？」

と、声を掛けられた。

パトリックだ。彼は不思議そうな表情でメアリとベルティナを交互に見やり、それでも状況が摑めなかったのだろう、今度はアディへと視線を向けた。

説明を求む、と、藍色の瞳が訴えている。

「えぇっと、話せば長く……なりません」

「長くないのか」

「ベルティナ様がうっかりお嬢の教科書を破こうとしてるだけです」

「短いうえによく分からないな。……でもそうか、あの教科書を破くのか」

なにやら物言いたげにパトリックがベルティナの手元を見つめる。

そこにあるのはメアリの教科書。ベルティナは必死に破こうとしているが、さすがカレリア大学の教科書である、ビクともしていない。むしろベルティナの手に負担が掛かっているのか、彼女の手がぷるぷると震え、「なんで破けませんの……」と泣き言がより切なさを増している。

そんなベルティナを見つめ、パトリックが溜息と共に彼女を呼んだ。

「ベルティナ嬢、随分とその教科書に恨みがあるようだな」

そう言い切る彼の声は、心なしか冷ややかで、どこか厳しさを感じさせる。

これにはアディも、それどころかベルティナを案じていたメアリさえも、どうしたのかとパトリックに視線をやった。じっとベルティナを見つめる、いや、見下すとさえ言える今のパトリックは、なんとも彼らしくない。

「その教科書の著者は俺の知り合いなんだ。とても勤勉な方で、以前に彼の分野に興味があると話したらわざわざ時間を作って話をしてくれた」

「そ、そうなんですの？」

「彼がその教科書を書き上げるのに、相当苦労したと話してくれたよ。あちこち駆け回って、山のような資料を一から調べて、心血を注いだ一冊だと……」

次第にパトリックの声がトーンを落としていく。それはまるで『冷徹』とまで言われたドラ学パトリックのようではないか。

劣ると判断したものは容赦なく切り捨て、優しく微笑むのはヒロインにだけ。クールを遥かに超えた冷たさ。確かドラ学アニメでもその冷徹さは健在で、冷ややかであればあるほどファンが過熱していったと記憶している。

今のパトリックはまるでドラ学のパトリックそのものだ。メアリにとっては見慣れないことこのうえない。別人のようにさえ思える。

ベルティナにもその冷気が伝わったのか、パトリックの態度にビクリと体を震わせた。

だがそれだけでは足りないのか、パトリックはいまだ鋭い瞳でベルティナを見つめたまま、盛大な溜息を吐いた。呆れるどころか侮蔑を込めた、なんとも重く威圧的な溜息だ。

「彼の傑作である一冊を破くのか……。物の価値が分からないとは、なんとも憐れだな」

「な、なんですの……。私、別に価値が分からないなんて……」

「バルテーズ家だったか、同じ社交界に身を置く者として、恥ずかしく思うよ」

きっぱりと言い切り、パトリックがふと考え込むように瞳を伏せた。

そうして誰にも聞こえない程度の声量で、それでも彼の威圧感により静まり返ったこの場にはよく通る声で呟いた。

「……要らないな」

その言葉に、ついにベルティナが悲鳴をあげた。

「パトリック様、やっぱり冷徹な方でしたのね……！」

という怯えの声と共に、メアリの手に教科書を押し付ける。

「わ、私、こんな教科書……こんな価値ある教科書に用はありませんの！」

「ベルティナさん、今『やっぱり』って……」

「次の授業もありますし、これで失礼いたしますわ！」

優雅さを欠いた慌てようで一礼してベルティナが撤退すれば、その後を取り巻き達が追いかけていく。そうして彼女達の背中が見えなくなると、パトリックが深く息を吐いた。

「で、何でこんな事になったんだ？」

振り返って尋ねてくるパトリックの口調も声色も、いつもの彼のものだ。呆れを交えてはいるものの、先程の突き放すような冷たさは無い。

これにはメアリも感心してしまう。自分も猫を被り完璧な令嬢を装う事はあるが、パトリックほど上手くは演じていないだろう。——そうメアリは感じているが、パトリックもまた「メアリほどは上手く演じていない」と肩を竦めていた。これもまた二人らしい話である——

「凄いわね、パトリック。さっきの貴方、まさに冷血漢って感じだったわ」

「俺の演技力もなかなかだろ。それで、ベルティナ嬢は何がしたかったんだ？」

「ちょっとした悪戯よ」

可愛いものだとメアリが肩を竦めつつ話し、戻された教科書を撫でた。当然だが破れどころか傷一つついていない。

彼女はこれを破ろうとしていた。まるでチープな悪役令嬢のように。……それに。

「そういえば、ベルティナ嬢は逃げる時に俺のことを『やっぱり冷徹な方』と言っていたな。やっぱり、とはどういうことだ？」

「……さぁ、分からないわ」

「他所で変な評価をされているのかな」

それは困るとパトリックが眉を顰める。

先程の彼の冷徹ぶりはあくまで演技。それも滅多に見せるものではない。その数少ない時だって、後々にはきちんとフォローを入れている。

厳しくもあるが、その厳しさは相手のため。常に冷静沈着だが意外と情に厚い、それが周囲がパトリックに対して抱く評価だ。

それに彼は身分よりも愛を選び、庶民の出とされていたアリシアと結ばれるために家名を捨てる覚悟でさえいた。そのうえメアリと結ばれることを願っていたアディの背中を押したのだから、そんな彼の評価が『やっぱり冷徹な方』になるわけがない。

……それこそ何か別の、パトリックのようでいてパトリックではない、『違うパトリック・ダイス』の印象を抱いていない限り。

「今後のためにも、この交換留学でエレシアナ学園側へのイメージアップでも図っておくか。ところでアディ、さっき教授が……アディ？」

パトリックが不思議そうにアディを呼ぶ。

その声に、考え込んでいたメアリがはたと我に返った。パトリックの声につられるようにアディを見れば、彼は硬直し……、

「パトリック様、今までの非礼をどうかお許しください」

これでもかと他人行儀で深々と頭を下げた。

錆色の視線が、パトリックと目を合わせられないと言いたげに逸らされている。怯えさえ感じさせる瞳だ。

「アディ!?」

「パトリック様に掛かれば、俺の家を潰すなんて造作もないこと……。今までの非礼と、これからの非礼を謝罪します。どうか家にまでは手を出さないでください……！」

「なんだその薄ら寒い態度は。人聞きの悪い事を言うな。……待て、今までと『これからの非

ないか。なるほどこれが『これからの非礼』かとメアリは頷いた。

パトリックが文句を言えば、途端にアディが普段の態度に戻ってしまう。彼もまた役者では

「なんですか、薄ら寒いとは失礼ですね」

礼』って何だ」

そうして改めてメアリが一連の流れを話せば、パトリックが怪訝な表情を浮かべた。

曰く、ダイス家はバルテーズ家と繋がりがあり、ベルティナの話も耳にしているという。

まさに典型的な我が儘令嬢。取り巻きを従え、格下相手に威張り散らし、誰が相手だろうと

ツンと澄ました態度で接する。両親に甘やかされ、取り巻きにチヤホヤされ、周囲を困らせる

ものの痛い目に遭う事もなく今に至り、その結果の性格なのだという。

だがあくまで周囲を困らせる程度だ。それならば社交界でも珍しいものではない。話を聞く

だけでもメアリの脳裏に数人の顔が浮かんでくる。

「あそこまで理不尽な事をするとは聞いていなかったんだけどな」

おかしいと言いたげにパトリックが首を傾げる。そんな彼を横目に、メアリはいつになった

ら平穏な学園生活を送れるのかと溜息を吐きつつ、傷一つない教科書を再び撫でた。

そんなやりとりが日々、それどころか一日に何度もあれば、さすがのメアリもうんざりするというもの。

今日も何度かベルティナに絡まれ、そんな中で訪れたアディと二人きりの時間。だが自然と話題はベルティナの事になり、メアリが「困った子が増えた」と溜息を吐いた。

なにせ事ある毎にベルティナは「騒がしくて、見世物小屋でも来たのかと思いました」だの「幼稚部だってもっと大人しいわ」だのと突っかかってくるのだ。嫌味たっぷりである。

それどころか、時にはわざとらしくメアリにぶつかってきたり、よろけたふりをして足を踏んでくることだってある。その直後にわざとらしく「まぁ、私ってばとんだ失礼を」と謝罪してくるのだから、メアリは微笑んで「気になさらないで」と言うしかない。

躍起になって咎めなんてしたら、逆にメアリの方が周囲に滑稽に映りかねないのだ。……というか、日々アリシアの高速タックルを受けているメアリにとって、小柄なベルティナがちょっとぶつかってくる程度どうってことないのだが。

「お嬢は合金ですからね」

「合金は昔の縦ロールよ。……いえ、縦ロールも合金じゃないわ」

失礼ね、とメアリが咎めれば、アディが素知らぬ顔でそっぽを向く。

それをしばらく睨み、次いでメアリが溜息を吐いた。

「まぁでも、田舎娘に突撃され、常に軽口叩いてくる男が隣にいるんだもの、身も心も鍛えられるわ」

「俺のおかげで今のお嬢がある……。愛ですね！」

「どこが愛よ」

ジロリとメアリがアディを睨み付ける。今も昔も彼の軽口は相変わらず、これに比べればベルティナの直球な嫌味など子猫の鳴き声だ。

最大の敵はここに居たわ、そう考えてメアリがアディの軽口を咎めようとし、「でも」と先に彼が話しだしたことで出かけた言葉を飲み込んだ。

「もしも本当に辛かったら仰ってくださいね。俺はお嬢の為ならなんでもしますから」

「……アディ」

「それに、ベルティナ様も俺が直接話せば聞いてくれるでしょうし」

「駄目よ！」

アディの提案に、メアリが慌てて声をあげる。

咄嗟に手を伸ばして彼の服を掴めば、錆色の瞳を丸くさせてこちらを見てきた。

「お嬢、どうしました？」

「……え、いえ、大丈夫。なんでもないわ」

メアリがそっとアディの服を離す。だがその声は自分でも分かるほどに上擦っており、まるで譫言のようだ。アディが案ずるように様子を窺ってくるが、適した答えを返せない。

メアリ自身、なぜ自分がこれほど焦って彼を制止したのか分からずにいた。

アディがベルティナの名前を口にした瞬間、胸の内のモヤが一瞬にして湧き上がったのだ。

脳裏を過ぎるのはベルティナに抱き着かれるアディの姿、その記憶がまたモヤを増させる。

そんな言いようの無い不快感に駆られ、咄嗟にアディの服を掴んでしまった。

「なんだか最近おかしいわ。賑やかになりすぎて疲れたのかしら……」

「お嬢、大丈夫ですか？」

「帰ってゆっくりしましょう」

少し休めば胸のモヤも収まるはず。そう考えてメアリはアディと共に歩き出した。


そうしてしばらく歩き、「あら、ご機嫌よう」と聞こえてきた声に足を止めた。

高らかで高飛車な声。聞き覚えのある声にうんざりしつつも振り返れば、そこに居たのはもちろんベルティナだ。

相変わらず取り巻きを従え居丈高に構えるその姿に、メアリが肩を落としつつ「一時間ぶりね」と返した。一時間前にもベルティナはこうやって現れ、メアリに文句を言い、そして逃げていったのだ。打たれ弱いくせに復活が早すぎる。

今のベルティナは先程の敗走がまるでなかったかのように得意気にしており、その手にある水筒を見せつけてきた。極普通の水筒だ。

「まったくもって興味も無くて聞きたくないけど、一応質問してあげるわ。ベルティナさん、それがどうしたの？」

「これは庶民が使う水筒というものです。中も庶民が飲むような安い紅茶ですのよ。庶民の生活を学ぶために取り寄せましたの。聞けばメアリ様は庶民臭いところもあるというじゃありませんか、お口に合うかと思いまして」

わざわざ目の前でベルティナが水筒からカップに紅茶を注ぐ。どうやら飲めという事なのだろう、いや、彼女の考えを予想するに飲ます気は無いのかもしれないが。

なんて分かりやすいのだろうか。思わずメアリが肩を竦め、ここは乗ってあげようと差し出されるカップに手を伸ばした。

もちろん、次にベルティナが取る行動など分かり切っている。彼女はメアリが受け取る直前、カップを落としてしまう。落ちたカップから紅茶が零れ、メアリのスカートを汚す……と、こういう事だ。相変わらずチープな嫌がらせである。

そこまでを想像し、メアリはベルティナの手からカップを受け取ろうとした。

その瞬間、

「まぁ、私ってばうっかりとカップを落としてしまいましたわ!」

「お嬢、こちらへどうぞ」

「メアリ様、こちらにいらしたんですね……きゃっ!」

と、三人の声がほぼ同時に発せられた。

まず白々しく己の迂闊さを説明したのはベルティナ。

次いでメアリを誘導したのはアディ。

そして最後の声はメアリ……のものではない。なにせメアリは突然の事に目を丸くさせているだけだ。言葉を発する余裕は無かった。

あの瞬間、メアリの予想通りベルティナはうっかりとカップを落とした。その結果、注がれていた紅茶はメアリのスカートにぶちまけられる……はずだった。

だがその直前、何かがぐいとメアリの体を引き寄せたのだ。

メアリがパチンと瞬きしつつ自分の体を見下ろせば、スカートにはシミ一つ付いていない。その代わり、自分の腰元に見慣れた腕が絡んでいる。背にも何かがあたる。

まるで、誰かに背後から抱き締められているようではないか。

「……アディ」

「お嬢、ご無事ですか？」

メアリが振り返りつつ見上げれば、そこには穏やかに微笑むアディ。咄嗟に抱き寄せて守ってくれたのだ。メアリの頬がポッと染まる。なんて頼りがいがあるのだろうか。

彼に守られ抱き締められ、おかげで心も体も温かい……はずである。

底冷えする冷気が漂っているなんて、そんなわけがない。

アディの愛に守られ、メアリの心はほかほかと温まり……。

「……駄目だわ、もう目を背けていられない。絶妙なタイミングで現れたけど、どうなさったの？　カリーナさん」

アディに抱き締められつつ――互いに暖を取っているとも言える――メアリが尋ねるのは、優雅に立つカリーナ。

相変わらず凜とした麗しさだが、アイボリーのワンピースに茶色い染みが付いている。

なにか？　紅茶だ。

なぜか？　……あの瞬間、メアリが避けた紅茶をカリーナがくらったからだ。

「なんてタイミングの悪い……」

思わずメアリが呟く。アディに至っては、もう言葉を発することが出来ないのか、ひたすらメアリを抱きしめている。

対してベルティナはといえば、分の悪さを感じてはいるものの、それでも「うっかりしてしまっただけですのよ！」と訴えている。

そしてカリーナは……これが驚くほど麗しく微笑んでいるのだ。

彼女の性質と今日に至るまでをまったく知らぬ者が見れば、一目で虜になりそうな麗しい微笑み。母性さえ感じさせる。アイボリーカラーのワンピースがより彼女の女性らしさを際立たせ、まるで聖女のようではないか。

……だがそこから漂う冷気は尋常ではなく、スカートの裾にたまっていた紅茶の一滴がピチャンと地面に落ちた。

その瞬間、メアリがはっと息を呑み慌ててカリーナの腕を掴んだ。

「ベルティナさん、逃げなさい！　ここは私が止めるから、早く逃げなさい！」

「に、逃げなんていたしませんわ！　私、怖くなんてありませんのよ！」

「挑むんじゃないの！　人生を踏み外させられるわよ！　真っ当な人生を歩みたければ早く逃

げなさい！」

メアリが撤退を促せば、余計に意地になってしまったのかベルティナがそれでも応戦の姿勢を見せる。だがカリーナがシミの付いたスカートを揺らしながら優雅に微笑んで告げた、

「……美味しい紅茶ですのね、ご馳走様」

という言葉にビクリと肩を震わせた。彼女の頭上でリボンが小刻みに震えだす。

それでもプライドがあるのか、敗走はするまいとメアリ達をきつく睨み付けてきた。わざとではない、それを責めるなんて大人げない、と言い返してくる。

だがそんなベルティナの訴えを遮るように、カツン！　と高い音が響き渡った。メアリとアディが息を呑み、喚いて居たベルティナが「ひゃっ」と高い声と共に言葉を止める。

音を発したのはカリーナ、上質のヒールで補整された地面を叩いたのだ。

まるで何かを急かすかのように、再びカツン！　と音を打ち鳴らす。カツン、カツン！　と。

「カリーナさん、それはまさか足置きになれと言っているの⁉」

「まぁ嫌ですわメアリ様ってば。これは足が暇で、遊んでいるだけです」

「足が暇⁉　その暇をどう解消したいっていうの⁉」

「それはもちろん、踏んで」

上品に笑い、カリーナが再びカツン！　とヒールで地面を打ち鳴らした。

なんと恐ろしく心臓に圧を掛ける音だろうか。まるでカウントダウンをされているかのようで、聞いているだけで冷や汗が額に浮かぶ。

ベルティナもこの音に恐怖を抱いたのか、カリーナのこの奇行と有無を言わさぬ圧力に、「なんですの……！」と戸惑いを見せている。

そんなベルティナを優雅に見つつ、カリーナがカツンカツンと鳴らし、最後に溜息を吐いた。

「やっぱりカレリア学園ではどうにも足を痛めてしまいますね」

「あ、あらカリーナさん、足が痛いの？　大丈夫？」

「ええ、どうにもカレリア学園の地面は踏み慣れていないというか、もっと柔らかく骨のあるものを踏みたいというか、足がその感触を求めているというか、今すぐに新しい足置きを新調したいというか」

「ベルティナさん、逃げなさい！」

メアリが悲鳴交じりに撤退を促せば、ベルティナがムグと口ごもり……、

「これは戦略的撤退ですのよ！」

と高飛車に言い放ち、ピャッと音がしそうな勢いで逃げていった。取り巻き達もその後を追い、小さくなる彼女達の背を見届けてメアリがほっと安堵の息を吐く。

「良かった、一人の少女を救えたわ……」

「メアリ様ってば、人聞きの悪いことを仰らないでください。私、紅茶をご馳走になったお礼をしようと思っていたのに」

「それを笑顔でさらっと言うのが怖いのよ」

いまだ微笑んだままのカリーナに、メアリが冷気を抑えるように宥める。

　そうして視線を向けたのはカリーナのスカート。数滴どころではないシミが広がっており、淡いアイボリーの色が余計にシミを目立たせている。

　これでは帰るに帰れないだろう。カリーナも同じことを考えたのか、先程までの微笑みから困惑の表情に変わっている。

「巻き込んだのはこちらだもの、お詫びをさせてちょうだい。アディ、タオルと替えの服を持ってきて」

「畏まりました」

　アディが恭しく頭を下げ、上着を脱ぐとカリーナに差し出した。

「どこかにお座りになってお待ちください。それまで、これを膝に」

「ですが、アディ様の上着が……」

「大丈夫ですよ。それに、その状態では目立ってしまうでしょう」

　だから、と告げると共にカリーナに上着を渡し、アディが去っていく。

　学園に話をして何か用意してもらうのか、それともアルバート家に急いで戻って替えになりそうな服を持ってくるのか。

　どちらにせよ時間が掛かるのだから、どこかベンチで座っていよう。そうメアリがカリーナを促せば、彼女も頷き、アディの上着でスカートのシミを隠すようにして歩き出した。

「アディ様は優しいですね」

「そう？」

カリーナの言葉に、メアリは意外なことを言われたと目を丸くさせつつ返した。

次いで彼女の膝に掛かっているアディの上着に視線を向ける。男物の上着は細身のカリーナには大きく、彼女の膝ごとスカートの染みを隠してくれている。遠目には膝掛けにしか見えないだろう。

そんな上着を見つめながらのカリーナの言葉に、メアリはなんとも言えない気分を覚えつつアディの事を考えた。

何故だろうか、妙に落ち着かない。伴侶を褒められた照れくささ……とはまた違い、妙な靄が胸に湧く。

「アディは幼い頃からアルバート家の従者をやっているし、やろうと思えば気遣いは出来るわね。あれでも従者としては優れているのよ」

「メアリ様はあんなに優しくて頼りになる方がいつもそばに居て、羨ましいです」

「……羨ましい？」

カリーナがポツリと呟いた言葉に、メアリの胸の内のモヤがざわつきだす。

ここはカリーナの言葉に対して「そうでしょ」と惚気るか、もしくは「でも隙あらば失礼な態度を取るのよ」と愚痴を言うべきところなのだろう。それが分かっても言葉が出てこない。

アディを褒めるカリーナの言葉が引っかかる。カリーナの膝に置かれたアディの上着から、それに触れる彼女の手から、なぜか視線が逸らせない。カリーナの細い指はゆっくりとアディの上着を撫でており、その動きが、まるで愛しさを含んでいるように見えてしまう。

「羨ましいって……それって……」

羨ましいという事は、カリーナもアディのような男性が良いのだろうか。……いや、『アディのような』ではなく、もしかしたら……。だが尋ねようとするも声が出てこない。

メアリの脳裏に、アディに抱き着き、彼を見つめ、愛嬌を振りまくベルティナの姿が過ぎる。

それと同時に靄が渦巻き、胸中は不快感と言えるほどに荒れている。

そんな不快感に圧され、メアリが真偽を問おうと口を開きかける。

だがそれより先にカリーナが溜息を吐いた。思いを馳せるように上着を撫で、瞳は誰かを思うように伏せられる。そんなカリーナに、メアリの中で焦燥感が湧く。カリーナらしからぬ表情だ、誰を想ってそんな表情をしているのか。……まさか。

不安が過ぎる。だが、次いでカリーナが放った、

「うちのなんて、足で踏むしか使い道がありません」

という言葉に、メアリの胸に湧いていた靄がすっと消えていった。

それはもう見事なまでに綺麗さっぱり消失である。いや、消えたというよりは、カリーナの言葉から漂う冷気に凍り付いて四散したというべきか。

不快感は消えたが、これは荒療治すぎやしないか。

「そう、足で踏むのね……」

「まぁでも、足置きとしては優れていますね」

「その話、続けるの？」

「最近では察しが良くなり、ヒールを打ち鳴らすと三回目で自ら足元に来るようになったんですよ。雨の日に庭園を歩いて居ると、水たまりがあるたびに足場になって」

「アディ、早く帰ってきて、出来れば防寒具も持ってきて……」

嬉々として話を続けるカリーナの冷気に震えながら、メアリは切なげに呟いた。


ベルティナの嫌がらせは、姑息……とさえ言えないものだ。それも全て失敗している。

アリシアの「国を動かしてでも……！」という闘志に臆したり、パトリックが爽やかな笑顔で放つ「バルテーズ家は良い土地を持ってるんだよな」という言葉に臆したり。

時にはカリーナとマーガレットが加わることも有るが、ベルティナが敗走するのは言わずもがなである。そもそも、あの二人を相手に並大抵の令嬢が拮抗出来るわけが無い。

万事がこの調子なのだ。これにはメアリも怒る気力も削がれ、むしろ事を荒立てたくないとベルティナを逃がしてやっているくらいである。

「どうにもあの子を見てると放っておけないのよね」

そうメアリが溜息交じりに呟いたのは、夕食も終えた後の一時。場所はアディの部屋。

メアリ専用のクッションに座り、メアリ専用のセカンドクッションをポスポスと叩きながら一日を振り返り、その中でベルティナの話題になったのだ。

今日も今日とてベルティナはメアリに突っかかり、そして敗れて逃げていった。それも、今日は四度も襲撃されている。

アリシアとパルフェットに両腕を取られているうえに、ベルティナのちょっかい……となれば、メアリが溜息を吐くのも仕方あるまい。交換留学が始まってから疲労が溜まり過ぎる。

「しかし、ベルティナ様のあの空回り、なにかを思い出しますね。……たとえるなら、高等部時代のお嬢とか」

「私がいつ空回ったって言うのよ」

「むしろ空回っていない時がありましたか？」

「失礼ね！」

ポスン！　とメアリが勢いよくクッションを叩く。

そうしてしばらく考えた後、ふいと視線をそらした。空回っていない時の話をしてアディを言い負かしてやろうと思ったが、どれだけ記憶を遡っても思い浮かばないからだ。

高等部時代の目指せ没落、エレシアナ大学留学時代の傍観に徹する宣言、そして渡り鳥丼屋の一件……振り返れば、どれもアディの言う通り空回っていた気がする。

これは話を変えた方が得策かもしれない、そう考え、メアリが平静を取り繕うと共に「ところで」と話し出した。

「確かに、ベルティナさんのチープな嫌がらせ、誰かがやりそうな事よね」

そうメアリが同意すればアディが顔を顰めた。

心の底から嫌だと言いたげな表情だ。嫌いな海鮮丼を食べた時だってこんな表情はしない。

だがこれほどまでに表情を顰めるということは、思い当たる節があるという事だ。次いで彼は嫌々といった表情のまま、重くるしい声でその名を口にした。

「悪役令嬢メアリ様、ですね」

その言葉に、メアリがコロコロと笑う。

ベルティナがメアリに対して行っている嫌がらせは、まさにチープの一言。呆れてしまうくらいに子供じみている。

嫌味を言ったり、教科書を破こうとしたり、洋服を汚そうとしたり……。

まるで悪役令嬢メアリのように。いや、実際に悪役令嬢メアリが行っていたことだ。

思い返せば、ドラ学アニメでも悪役令嬢メアリは健在で、あの手この手で嫌がらせをしてきた。アリシアの庶民臭さを笑い、わざとらしく制服を汚しては新調できない事を馬鹿にし、取り巻きに教科書を破らせた時は涙するアリシアを嘲笑っていたのだ。

もちろんその後アリシアは攻略対象キャラクター達に慰められ、そしてメアリへのフラストレーションは最終的な逆転劇へのカタルシスとなっていく。アニメでも本筋は変わっていない。

「つまりベルティナ様も前世の記憶があり、それを元にしてお嬢に嫌がらせをしているってことですよね」

「確証は無いけど、その可能性は高いわね。アニメのアリシアは嫌がらせに傷ついていたから、真似すればうまくいくと思ってるんでしょう。……全く何一つうまくいってないけど」

「……なんだって皆前世の記憶を元にしたうえで失敗するんですかね。誰かさん筆頭とは言いませんけれど」

「アディ、なにが言いたいのかしら？」

「いえ、別に。ただちょっと『前世の記憶を元にしたのに大失敗した令嬢』に心当たりがあるだけです」

「……誰かしらね」

しれっとメアリがそっぽを向く。

それを見たアディが「鏡はどこだったか」と探し始めたのだが、ひとまずそれはクッションを投げつけることで阻止しておく。

今はベルティナの事を考えねばならない。『前世の記憶を元にしたのに大失敗した令嬢』の話なんてしている暇はない。

「でも、本当にベルティナさんに前世の記憶があったとすると……」

言葉を途中で止め、メアリが口を噤んだ。次いでアディの様子を窺う。

ベルティナがメアリ同様に前世の記憶を持っていたとすれば、メアリへの嫌がらせや、パトリックを『やっぱり冷酷な方』といったことも納得がいく。

……それに、アディへのあの露骨な態度も。

その理由を考えると、メアリの胸に再び靄が湧き上がった。焦燥感に似た言い得ぬ感覚。だがいったい何に対してなのかが分からず、落ち着かせるために胸元に触れた。ぎゅっと服を摑み、改めてアディに向き直る。

彼は参ったと言いたげな表情をしており、肩を竦めると溜息交じりに口を開いた。

「ベルティナ様は、多分前世でドラ学のアディが好きだったんでしょうね」

そう断言する表情も声もまるで他人事のようだ。とうてい、一人の令嬢が自分に横恋慕していることを話す表情ではない。……メアリの胸の内ではまだ靄が渦巻いているというのに。

「あっさり言い切るけど、ベルティナさんは貴方の事を好きなのよ？」

「俺じゃありませんよ。ドラ学のアディでしょう」

「そうよ。でもアディじゃない」

「違いますね」

はっきりとアディが否定する。

もはや他人事どころではなく、一切興味がない、無関係だと言っているようなものだ。

「ドラ学のメアリ様は我が儘で意地が悪く庶民を馬鹿にするご令嬢なんでしょう？　お嬢とは違う人物ですよね」

「そうね、あんな女にはなりたくないわ」

ドラ学のメアリ・アルバートを思い出し、思わずメアリが眉間に皺を寄せた。悪役として設定され描かれていたとはいえ、ドラ学のメアリはそれはもう姑息で嫌味な女だった。

自分の家名を盾にやりたい放題、取り巻きを従え、歯向かう者は目上だろうが家名を使い黙らせ、時には他家の使いや学園関係者さえも不当に解雇させていた。没落という道筋こそ利用させて貰おうと思っていたが——結果はさておき——メアリ自身、ドラ学のメアリはいけ好かないと感じている。

それを話せば、アディが同感だと頷いた。そのうえ念を押すように「お嬢とは別人ですね」と改めて確認してくる。

「そしてドラ学のアディは、そんなメアリ様のことを嫌い、それでも権威に恐れをなして従っていた。ほら、俺とは別物じゃないですか」

「確かに別人だわ」

「俺は前にお嬢に言いましたよね、『貴女の隣が俺の居場所です』って。ドラ学のアディはそんな言葉をメアリ様には言わないでしょう」

じっと見つめながらアディが諭してくる。錆色の瞳、ゲーム通りの色合いだったかはもう覚えていないが、メアリにとっては何より落ち着かせる色だ。

時に温かく、時に熱く、自分を見つめてくれる瞳。

こうやって彼に見つめられるのは、ドラ学のメアリでもない、ファンディスクのアリシアでもない……自分だけだ。その心地好さにメアリの胸に湧いていた靄が溶けていく。

確かにアディの言う通り、ドラ学のアディと目の前にいるアディは全くの別人だ。

思い返せば、ドラ学のアディはその苦境から繊細なタイプに描かれていた気がする。ファンディスクで設けられた彼のルートでは、今まで悪役令嬢メアリを止められなかった自分を悔やみ、己の罪に悩み、そうして自分なりの贖罪の道を探す彼の姿が描かれている。

ドラ学のアディは、けっしてメアリに対し北の大地まで共にするなんて言い出さない。

「そうね。アディはいつも私の隣にいてくれるんだものね……。ドラ学のアディとは違うわ」

「そうですよ。そもそも、ドラ学のアディは権威に恐れをなしてメアリ様の言いなりだったんでしょう？　主人に忠実で言いなり、それは俺じゃないですね！」

得意気に語るアディに、メアリがすっと瞳を閉じた。

「……確かにドラ学のアディと貴方との間には大きな違いがあったわ。忠誠心という名の違いが。ドラ学のメアリだったら、アディなんか即座にクビ、国外追放よ」

「なに言ってるんですか、お嬢。俺のこの態度なら、ドラ学のメアリ様と言わず、そこいらのご子息ご令嬢だってクビにしますよ」

「自覚あるなら正しなさいよ！　いいわ、私だってクビにしてやるんだから！」

メアリが意気込み、手元にあった紙とペンを手に取る。メモ用紙程度だが、アルバート家の令嬢がしたため父である当主のサインを貰えば正式な解雇通知になるはずだ。

必要ならば血判を押したっていい。

「みてなさい！　これを書いてすぐにお父様のところに……。なによ、その余裕顔」

キィキィ喚きつつ解雇通知を書いていたメアリが、怪訝な表情でアディに視線を向ける。

いつもの流れならば、メアリが解雇通知を書きだせばアディが慌てだし、あの手この手で宥めすかして阻止してくるのだ。そうしてメアリの「次は無いんだからね」という言葉であやふやになる。今まではそうだった。

だが今日に限って、アディは焦る素振り一つ見せずにいる。それどころか阻止すらせず、どうぞご自由にといわんばかりだ。

らしくないこの対応に、メアリが解雇通知を書きながら「なにが言いたいのよ」と唸るように尋ねた。

「良いですよ。どうぞ書き終えたら旦那様にお渡しください。でも、その前に一つ覚悟をしてくださいね」

「覚悟？」

「その解雇通知が受理されたら、お嬢の夫は無職になるんですよ！」

「……なっ！」

アディの言葉にメアリが言葉を失う。

だが確かに、アディはメアリの従者でもあるが同時に夫でもある。その彼が従者という職を失えば、メアリの夫が職を失うという事だ。

突きつけられた事実に、メアリが手元の解雇通知に視線を落とし……、

「まぁでも、天下のアルバート家だもの、無職男の一人ぐらい養うのは造作ないわ」

と決断を下し、書き終えた解雇通知を手に立ち上がった。

「待ってください！　すみませんでした！　この仕事やめたくない！」

「お父様！　アディがついに解雇の覚悟を決めたのよ！」

「決めてません！　俺は生涯アルバート家に仕えると決めたんです！」

「大丈夫よアディ、渡り鳥丼屋の副店長の職があるじゃ……！」

　あるじゃない、と言いかけたメアリが言葉を飲み込む。

扉へと向かおうとしたところ、アディに背後から抱き抱えられたからだ。背の高い彼に腰に手を回されて抱き上げられれば、メアリの足が床から離れる。

　指先に触れかけていたドアノブが離れていき、これにはメアリがむぅと眉間に皺を寄せた。

結婚前から続いている応酬だが、結婚後はアディの武力行使が目立つようになってきた。

だが元より彼は同年代の男性より背が高く、対してメアリは小柄。抱き上げられれば抗う術はなく――愛する夫に抱き上げられて、抗う術などあるはずがない。……節度の一言と共に脇腹を殴るのは別として――仕方ないとメアリが肩を竦めた。

　ポスンとクッションに戻され、せめて最後に一撃と丸めた解雇通知をアディに向けてポンと放り投げた。

「ドラ学アニメに、ベルティナさんに、相変わらず従者は無礼で、夫に拘束されてお父様にも会いに行けない……。なんて辛いのかしら、心労が祟って気分が悪くなるのも仕方ないわね」

「お嬢、体調でも悪いんですか？」

「えぇ、この間から妙に胸のあたりに靄が掛かるというか、不快感がするというか、落ち着かないのよ」

　ふとした瞬間に胸の内で靄が渦巻き、言いようの無い不快感に襲われるのだ。思い返せば、この不快感は交換留学初日からではなかったか。

それをメアリが話すと、アディの手がそっとメアリの手を掴んできた。案じてくれているのだろう、大きな手に包まれ、指先で手の甲を撫でられると温かさと擽ったさが湧く。

「お嬢、気付かずに申し訳ありません。ですがもう大丈夫ですよ」

「大丈夫？」

どういうこと？　とメアリがアディを見上げれば、錆色の瞳を細めて穏やかに微笑んでいる。

彼の手が、まるで諭すようにぎゅっと強くメアリの手を握ってきた。

「この不快感が何か分かるの？」

「もちろんです。俺は誰よりお嬢のことを理解していますからね」

「……アディ」

彼の言葉に、メアリがほぅと吐息を漏らした。

誰より理解している、なんて甘く頼りがいのある言葉だろうか。だが事実アディはメアリが赤ん坊の頃からそばに居て尽くしてくれていた。

従者として仕え、見守り、そして恋心を抱いて見つめ、夫となった今は愛をもって隣に居てくれる。きっとメアリの事をメアリ以上に理解しているに違いない。

その愛の深さを想い、メアリが穏やかに笑った。

「そうね、アディは私のことを何でも知ってるのよね」

「えぇ、ですからもう大丈夫ですよ。明日から……」

「明日から？」

　この不快感を治すため、明日からどうするのか。そうメアリが期待を抱いて問えば、アディが穏やかに微笑み、

「明日から、食事は軽めのものを用意しましょう」

　と提案してきた。

　メアリが彼を見つめ、次いで己の胸元に視線を落とす。

　胸の内に湧いた靄、言いようの無い不快感。ざわつくようなあの感覚は……。

「なるほど、胃もたれだったのね」

　納得だわ、とメアリが頷きつつ呟いた。

第三章

アルバート家の令嬢宛にパーティーの招待状が来ることは、そう珍しいものではない。むしろ国中が、それどころか他国の名家だって、アルバート家と繋がりを求めて招待状を送っている。――皆きちんと送ってくるのだ。……一部の、「メアリ様、これ招待状です！　さぁ中を読んでください！　そして返事を今ここで！」だの「もし届かなかったらと思ったら不安で、気付いたら馬車の中に居ました……！」だのと手渡ししてくる者以外は――

それらに返事をし、当日は華やかな装いで出向く。主賓に挨拶をし、そこで両家の繋がりを強め、そしてパーティーが終わればお礼の手紙と品を送る……。これが外交というもの、名家に生まれた者の務めだ。

そんな招待状の一通を手に取り、メアリが何気なく中に目を通した。当たり障りない挨拶とお誘い、だが一カ所に視線を止め、にやりと笑みを浮かべた。

「ねぇ見て、アディ。ここ、私の名前の綴りが少しおかしいわ」

メアリが宛名の部分を指さしながらアディに差し出す。そこには『メアリ・アルバート』と記載されている……が、メアリの綴りが少し歪んでいる。

読めないこともないが、これは誤読を誘うだろう。もっとも、封筒にはきちんとメアリの名前が記されているので、メアリ以外の者が受け取る可能性は無いのだが。

だがこれは社交界のマナーとしてはいただけない。とりわけアルバート家ほどの名家が相手なのだから、名前一つでも慎重になるべきところだ。

たかが招待状、されど招待状。メアリがへそを曲げて父である当主達に不満を訴えれば、家同士の繋がりにヒビが入りかねない。

「本当だ。失礼な家ですね、どこですか？」

「バルテーズ家、ベルティナさんの親戚よ」

「あぁ、そういうことですか」

理解した、とアディが招待状を手に取る。

バルテーズ家のパーティー。正確に言うのならば、国境に住むベルティナの親族が開くパーティーだが、彼女が関与しているのは間違いないだろう。おおかた「アルバート家のメアリ様と知り合いになったの」とでも親族をそそのかし、自ら招待状を手配したに違いない。

「姑息と言えるかすら分からない地味な作戦ですね」

「この程度なら、私だけに止まると思ったんでしょう」

歪んだ綴りを指で突っつきつつ、メアリが「もっと大胆にきなさいよ」とここには居ないベルティナを煽る。

確かに招待状で誤字をやらかすのはマナー違反だ。だが仮にしでかしてしまっても、見て見ぬ振りが大人の対応である。下手に騒げば両家の恥になりかねない。

だからこそベルティナはメアリが気付いても見逃すと考えたのだ。もしもメアリが失礼だと騒いでも、周囲は「年若い令嬢の失態を騒ぐなんて」とメアリを批判しかねない。

「なかなか考えてるみたいだけど、ちょっと弱いのよね。噛みつくならもっと威勢よく誤字をやらかしてほしいもんだわ」

「そうですね、俺だったらドリル・アルバート様くらい書きますよ」

さらっと言ってのけるアディの言葉に、メアリが優雅に笑い……、そっと己の懐から解雇通知を取り出した。

招待状の誤字を見て見ぬ振りし、メアリはバルテーズ家のパーティーに招かれることにした。

ベルティナの噛みつきはドリル・アルバートに比べれば可愛いものである。というかドリルは酷い、思い出して隣に立つアディの足を踏みつける。——ちなみに、メアリがそっと取り出した解雇通知は、「俺が責任を持って旦那様にお渡ししますね」とアディに回収された——

そうして招かれたパーティーは豪華なもので、隣国の、それも今まで付きあいの無かった家という事もあって見知らぬ顔が殆どだ。

たまには令嬢らしく優雅に振る舞うのも悪くないだろう。上手くすれば、渡り鳥丼屋の支店オープンの足掛かりを得られるかもしれない。

そう考え、まずは主賓に挨拶……と歩き出そうとした瞬間、メアリがぐらりと体勢を崩した。

なにが起こったのか？　高速で誰かが駆け寄ってきて抱き着いてきたのだ。

誰か？　アリシア以外に居てたまるものか。

「メアリ様！　ご機嫌よう！」

「無言で抱き着くのを止めなさい！　そもそも抱き着かないでちょうだい！」

「すみません。今日はメアリ様がいらっしゃらないと思ってたから、お姿を見つけてつい嬉しくて。いつもよりスピードが出てしまいました」

ぎゅっと最後に一度強く抱き着き、アリシアが離れる。

次いでドレスのよれを直し、礼節のある挨拶をしてきた。先程の抱き着きさえなければ、美しいとさえ言える挨拶の仕方だ。王女であるアリシアに挨拶をされてはメアリも応えるほかなく、「田舎娘が」と罵りながらも一応の礼儀を返す。

「メアリ、アディ、二人共来てたのか」

とは、アリシアを追ってきたのだろう小走り目に駆け寄ってくるパトリック。

アリシアのイエローカラーのドレスに合わせ、黒いスーツに黄色の刺繍が胸元に施されている。藍色の髪とは対極的で、美しさと気品を感じさせる色合いだ。

「アリシア、突然走り出すと危ないぞ。他の人にぶつかったらどうするんだ」

「ねぇパトリック、その言い方だと私にぶつかれば問題無いように聞こえるんだけど」

「ところで、二人はどうしてここに居るんだ？　アルバート家はバルテーズ家とは繋がりがないはずだが」

「ベルティナさんから招待状を貰ったのよ」

メアリが穏やかに笑いながら話すも、それを聞いたパトリックの眉間に皺が寄る。

彼もまたベルティナのメアリに対する嫌がらせを何度も目の当たりにしており、時折はバルテーズ家の領地を狙う素振りを見せてベルティナを脅したりしている。

だがそれはあくまで学園内でのこと。社交場の縮図とはいえ、年若い生徒同士のやりとり。対して今はれっきとしたパーティーの場であり、周囲に居るのは学生ではなく身分のある者達ばかり。そこでまで普段のやりとりを続けるのは……と考えたのだろう。対立していることが露見すれば、下手すると国家間の問題になりかねない。

メアリがそれを察し、パトリックの肩をポンと叩いた。ついでにアリシアを彼に押し付ける。

「あんな可愛い子犬の噛みつき、この私が本気で相手にするわけないいじゃない。今回だって招待状に可愛い悪戯があったぐらいよ」

「悪戯？」

パトリックに問われ、メアリがアディに招待状を出すように告げる。

少しだけ名前を歪ませた、メアリからしてみれば可愛い悪戯だ。それをアディが胸元から取り出し、パトリックに見せるようにゆっくりと開いた。

『ドリル・アルバート様宛　合金ドリル追悼会のお誘い』

「おや失礼しました。間違えました」

パッと招待状を閉じ、アディがもう一通の招待状を取り出す。

「こちらがベルティナ様からの招待状です。ほらここ、お嬢の名前の綴りがおかしくなっているでしょう？」

「待って、アディ、今のなに。今のレタリングと印刷にやたらと拘りを見せた招待状はなに」

「まったく、名前を間違えるなんて失礼ですよね」

「それより前に最大級の失礼があったわよ！　さっきの招待状を出しなさい！」

メアリがアディの上着を掴み、先程の招待状を奪おうとする。だがその手を直ぐに離したのは、他所から「メアリ様」と声を掛けられたからだ。

見れば一人の男性がこちらに近付いてくる。歳はメアリ達より一回り程度上だろうか。肩幅が広くしっかりとした体格は男臭さを感じさせる。

とりわけ隣にいるのが小柄なベルティナなのだから、余計に男の体格の良さが際立つ。頭一つ二つ程度ではない、大人と子ども程の差といえる。

いったい誰だったか……とメアリが記憶を引っ繰り返せば、パトリックがそっとメアリの耳元に口を寄せ、

「彼はルーク、ベルティナ嬢の婚約者だ」

と教えてくれた。

「お会いできて光栄です」

そう話すルークに、メアリもまた上品に礼を返した。

居るだけで威圧感を与えかねないほどの大柄な男だ。強面で声も低い。だが根は紳士的な性格なのだろう、口調は丁寧で、向かい合う女性を怖がらせまいとしているのが分かる。

対して彼の隣に立つベルティナは相変わらずで、メアリに挨拶こそするが視線はアディに向けられたままだ。

彼女の頭上でリボンが揺れる。そのリボンが錆色なのは偶然か、それともアディを意識したものか……。少なくとも、ルークの紺色のスーツに合わせたわけではないのは分かる。

そんなリボンを揺らし、ベルティナがアディと踊りたいと言い出した。

これには誰もが驚きを見せるが、なかでもルークがぎょっとして慌ててベルティナを呼んだ。

「ベルティナ、あまり失礼な事を言うんじゃない」

「あら、アルバート家では、メアリ様達が様々にパートナーを替えて踊ると聞きましたわ。アディ様も、アリシア様やパルフェット様、それどころかパトリック様とも踊ったことがあるというじゃありませんか。それなら、私と踊ってくださってもよろしいでしょう？」

じっとアディを見上げつつ強請るベルティナに、アディが困惑の色を見せる。

参ったと言いたげな表情は断りたそうだが、断って今よりメアリに敵意が向くのではとも考えているのだろう。とりわけ今夜のパーティーはバルテーズ家が主催、その親族にあたるベルティナを無下には出来ない。

　これにはメアリもどうしたものかと考えを巡らせ、

「そうね、アディ。一曲付き合ってあげて」

と肩を竦めた。

　両者の立場を考えれば、一曲譲って穏便に済ませるのが得策だろう。

「畏まりました。ですがお嬢……いえ、メアリ様、その後は」

「分かってる。私と踊ってちょうだいね」

「じゃあその後は私とですね！　メアリ様！」

「では行ってまいります。ベルティナ様、どうぞこちらへ。……アリシアちゃん、さらっと入ってきたけど俺は譲らないからね！　パトリック様、俺と踊りたくなければアリシアちゃんを捕まえておいてくださいよ！」

　パトリックに念押しし――それに対するパトリックの「善処する。というかいつだって善処してるんだがな」という返事は彼らしからぬ切なさが漂っている――アディがベルティナへと手を差し出す。その手に己の手を重ねるベルティナの嬉しそうな表情と言ったら無く、対してメアリに向ける表情は得意気だ。

　まるで奪ってやったと言わんばかりではないか。

　そんな二人を見届ければ、ルークがまったくと言いたげに溜息を吐いた。

　彼からしてみれば、婚約者が自分の目の前で他所の男を誘ったのだ。無礼どころか侮辱と取り、今すぐに婚約を破談にしてもおかしくない。

だが今のルークには怒りの色もベルティナを咎めようとする様子もない。それどころか、メアリに対して申し訳なさそうに頭を下げ、少し話がしたいと場所の移動を促してきた。

ルークに連れられ、人気の少ない会場の隅へと向かう。

当然のようにアリシアとパトリックがついてくることにメアリは文句を言おうとし……やめた。アディがベルティナと踊っている、そんな最中にメアリとルークが二人で話していれば、余計な噂を立てられかねない。

複数いれば、まだ雑談と取られるだろう。……それに、胃もたれが悪化し不快感に苛立ちまで混ざり始めているのだ。二人きりでもしメアリの意にそぐわない話でもされたら、ルークに八つ当たりしてしまいそうだ。

そんなことを考えつつメアリが彼に視線を向ければ、盛大に溜息を吐くと共に改めて今回の件を謝罪してきた。

「ベルティナのバルテーズ家と我が家は昔から懇意にしており、両家に男女が生まれたら結婚させようと昔から決めていたそうです。なのでベルティナは、生まれる前から俺と婚約することを決められていました。十以上も年齢の離れた俺と……」

「まぁ、そうでしたの」

「そのせいか、ベルティナの両親も自分の両親も彼女を可愛がり、甘やかしてしまい……」

「それであの我が儘娘なのね」

納得したとメアリが頷く。

政略結婚が珍しくない世の中、ベルティナのように生まれる前から嫁ぐ相手が決まっている令嬢も少なくない。

そして世の親は子供達の婚約相手を勝手に決めておきながら、若干の後ろめたさから彼等を甘やかしてしまう。「婚約者も決まっているんだから」という考えもあるのだろうか、多少の我が儘や甘えに目を瞑ってしまうのだ。

とりわけベルティナとルークの歳の差は十以上あり、彼等の親にはその負い目もあったのかもしれない。

メアリとて、一時は自分の意思など全く考慮されずにパトリックと婚約させられたのだ。破談になり両親は自由にさせてくれたが、下手したらアルバート家繁栄のためにと一回り以上年齢の離れた相手に嫁がされていた可能性もある。

それを考えれば、ベルティナが我が儘娘になり、そのうえメアリを敵対視してくるのも納得である。

彼女の前世がドラ学のアディを好きだったのなら尚の事。

ルークは強面で体躯が良く、威圧感のある男だ。アディとは系統が違う。とりわけベルティナが惚れていたのが『ドラ学のアディ』ならば、きっと彼女は繊細で苦難に生きるような青年が好みなのだろう。残念ながらルークは当てはまりそうにない。――繊細で苦難云々に関して言えば、アディ本人も全く当てはまらないのだが——

つまりベルティナのメアリへの嫌がらせは、前世で好きだったアディを取られた恨みと、そして生まれた時から結婚相手を決められていた事への八つ当たりである。

余計に憎めなくなるわね……とメアリが溜息を吐いた。

「自分もベルティナを妹のように思い、結婚するまでは出来るだけ自由にと甘やかしていました。ですがまさか、メアリ様の前であんなことを……」

「私は構わないけど、貴方も大変ね」

年下の我が儘な令嬢と婚約させられ、そのうえ彼女は名家令嬢に喧嘩を売り、目の前でその夫をダンスに誘ったのだ。

周囲はベルティナを『政略結婚のため歳の離れた男に嫁ぐ可哀想な令嬢』として甘やかしていたのかもしれないが、メアリからしてみたらルークこそ『厄介な令嬢を押し付けられた子息』と憐れみたいところである。

それが顔に出てしまっていたのか、ルークが苦笑と共に肩を竦めた。

「ベルティナの事は可愛いと思っていますし、俺はこの婚約に文句はありません」

「我が儘に振り回される日々でも良いのかしら？」

「以前までは可愛い我が儘だったんです。……こうやって甘やかすから我が儘になったんでしょうけど」

ルークが苦笑交じりに笑えば、メアリもつられて笑みを零す。

だが次いでルークは溜息を吐き、再び会場へと視線をやった。

「俺は彼女を愛しています。……だからこそ、妬いてしまうんです」

「妬く？」

「ええ。さっきも、本来ならば婚約者としてベルティナを止めるべきなのに、アディ様に妬いてしまった」

恥ずかしい話だとルークが頭を掻く。

パトリックが彼の肩を軽く叩くのは、同じ男として慰めるべきだと判断したのだろうか。そんなやりとりを、メアリはパチンと瞬きしながら見つめていた。

妬いてしまう……とは、やきもち、つまり嫉妬だ。ルークは、アディにその気が一切無いと分かっていても、そんな場合ではないと理解していても、ベルティナに求められるアディに嫉妬したのだという。

「でもベルティナさんとは婚約しているんだから、嫉妬する必要なんて無いじゃない」

「そうもいかないものなんです。お恥ずかしい話ですが、頭では理解していても、心が納得してくれない」

「……心が」

ルークの話を聞き、メアリが自分の胸元に視線を落とす。赤色の花が飾られている。アディと揃いで飾った花だ。

だが今その花は、彼と踊るベルティナの視界にある。もしかしたらダンスに乗じてベルティナはアディに抱き着いているかもしれない。足を踏み外したふりさえすれば、相手が誰であれアディは支えるはずだ。

　それを考えると、花を飾っている胸元が妙にもどかしく感じる。

「……まさか、花を食べ物だと勘違いして胃もたれをしてるの？　誤認識にも程があるわ。……でも生花を飾った料理はいいわね。渡り鳥丼屋のデザートに提案してみようかしら」

「……メアリ様？」

「あら、ごめんなさい。ちょっと考え事をしていたわ。そうね、嫉妬の話よね」

「年上の余裕が無いと笑われそうですが、今も焦燥感に駆られ、胸の内がざわついています」

「そう、それは苦しいわね。私も最近、どうにも落ち着きがないのよ」

　己の胸元を押さえながらメアリがルークを労われば、それを聞いていたアリシアとパトリックが揃えたようにメアリを呼んできた。

　アリシアの手がそっとメアリの腕に触れるのは、きっと心配しているからだろう。

「メアリ様、どこか具合が悪いんですか？」

「そうなのよ。ちょっと胃もたれが酷いの」

　ふとした瞬間に胃のあたりがざわつき、靄が掛かったような不快感がまとわりつく。まるで鉛でも飲み込んでしまったかのようだ。

　その解消のために最近コロッケ断ちをしているのだと話せば、アリシアが腕を擦ってきた。

「コロッケを我慢するほどなんて。でもメアリ様、それって……」

「なに？」

「……いえ、なんでもありません！」

言いかけたと思えば、アリシアが表情を明るくさせて話を有耶無耶にする。

それどころかにんまりと笑い、より速く腕を擦ってくるではないか。挙げ句、にまにまと笑いながら肘で突っついてくる。

胃もたれを案じていたはずが一転したこの態度に、メアリが訝し気にアリシアを窺った。いったいどういうわけか、これ以上ないほどに嬉しそうだ。

彼女の紫色の瞳がメアリの胃のあたりを……いや、それより下、腹部付近を見つめている。

「……なによ、にやにやして気持ちの悪い子ね。そんなに触らないでちょうだい。田舎臭さがうつっちゃうでしょ」

「うふふ、メアリ様ってば。いいんです、大丈夫です。私その日まで誰にも言わずに、ちゃんと待ってますからね」

「その日まで待つ？　私の胃もたれ解消パーティーでも開いてくれるつもりなの？　相変わらずふざけた子だわ」

ツンとメアリがそっぽを向き、触れてくるアリシアの手を叩き落としてパトリックに押し付けようとする。だがそれより先にパトリックがメアリの名を口にした。

藍色の瞳がじっと見つめてくる。

真剣でいてメアリの胸中を探ろうとしているかのような彼の視線に、メアリもじっと彼を見つめて返した。

「パトリック？」

「メアリ、胸の内がざわついたり、息苦しくなるのか？」

「コロッケの食べ過ぎね。それに、渡り鳥丼屋のサイドメニューを決めるためにあれこれと試食しすぎたわ」

「……その不快感は、たとえばアディが誰かといる時とかに起こるのか？」

「きっとアディを見ているとコロッケや渡り鳥丼を思い出して、胃もたれまで思い出しちゃうのね」

参っちゃうわ、とメアリが溜息を吐き、再び腕を擦ってくるアリシアの手をペチンと叩き落とした。

次いで己の胸元をきゅっと押さえる。パトリックの言う通り、ざわつきと息苦しさ、重い鉛を飲み込んでしまったような不快感だ。

そう話せば、パトリックが小さく息を吐いた。

「メアリ、それは」

「まさかこの私の胃がもたれるなんて……。コロッケへの愛が私を苦しめているのね」

「だからそれは……。いや、そうだな、きっとコロッケの食べ過ぎだ」

何かを言いかけ、パトリックが小さく首を横に振り、コロッケ愛を肯定しだした。その表情はどことなくメアリを気遣っているように見える。

普段の彼ならば「コロッケの食べ過ぎで胃もたれ」などと聞けば呆れて溜息を吐きそうなものだが。——もしくは、「俺もアリシアの料理を食べ過ぎて」と惚気る可能性もある——だというのに、今のパトリックの表情はまるで自分も思い当たる節があると言いたげだ。

彼も胃もたれに悩んだことがあったのだろうか……とメアリが考える。

だが仮にもパトリック・ダイス。たとえ胃もたれに苦しんでいても、人に弱みを見せまいと気丈に振る舞っていたのかもしれない。

「そう……。パトリックも同じだったのね。お互い大変だわ」

「あぁ、そうだな。おっと、一曲終わったみたいだな」

曲の終わりを聞き取り、パトリックが会場へと視線を向ける。

メアリもその視線を追い……はっと息を呑んだ。慌てて振り返れば、アリシアがにっこりと笑っているではないか。その距離は僅か……。

しまった、とメアリが己の迂闊さを悔やむ。常にダンスを、もといダンスという名の『メアリ・アルバート振り回し大会』を目論んでいる彼女が、この好機を逃すわけがない。

「アリシアさん、今日は自国じゃないのよ。今日ぐらいは王女として大人しく」

大人しくしなさい、とメアリが説得しようとする。だがその言葉を途中で止めたのは、いつもなら「メアリ様、私と踊りましょう！」と強引に手を掴んでダンスの場へと連行してくるアリシアが、今日に限ってはにこにこと笑いながら立っているだけだからだ。

嬉しそうにメアリの手をぎゅっと握ってくる。……握ってくるだけだ。

「な、なによ……。いつもの勢いはどうしたのよ。私のこと振り回さないの？」

「今のメアリ様を振り回したりなんかいたしません」

「そう？　よく分からないけど、田舎娘も少しは場を弁えるようになったのね」

嫌みと共にアリシアの手をパッと振り払い、戻ってくるアディ達を迎える。

彼にエスコートされるベルティナは嬉しそうで、あろうことか離れる間際に「またお時間があれば」とアディに強請るのだ。

これにはメアリも眉間に皺を寄せ、誘われたアディさえも困惑を隠しきれず頭を掻く。

次いでアディがメアリに近付きそっと肩に触れてくるのは、「自分には連れがいるから」と言いたいのだろう。控えめながらにも見せる彼の姿勢に、メアリが小さく安堵の息を吐いた。

「そういうわけだから、残念ねベルティナさん。それじゃ私達、挨拶に行ってくるわ」

アディに肩を抱かれ、更に見せつけるように彼に身を寄せてメアリがその場を後にする。背後から聞こえてくる悔しそうな唸り声はベルティナのものだろう。

メアリがチラと背後を振り返れば、アリシアとパトリックが何か話している。ルークがこちらに気付いて軽く会釈し、その隣にいるのは……悔しそうに睨んでくるベルティナだ。

普段より少し豪華なリボンが彼女の頭上でふるふると震えている。その震えは風のせいか、それとも怒りのあまりか。もっともどれだけ怒りを訴えていようと、元が愛らしい顔付きの彼女では迫力は皆無だ。ふんと勢いよくそっぽを向いて歩き出す様もまた幼さを感じさせる。

「憎みはしないけど、可愛い招待状のお礼はしなきゃね」

そうメアリが呟き、ニヤリと笑みを零した。

メアリとアディをこれでもかと睨み、次いでベルティナはふんと勢いよくそっぽを向くと歩き出してしまった。もちろんメアリ達とは逆方向に。ルークが一礼すると彼女の後を追う。

それを見送り、パトリックが「それじゃ」とアリシアに片手を差し出した。

「俺達も一曲踊ろうか」

「はい！」

パトリックの誘いに、アリシアが嬉しそうに笑って己の手を重ねる。女性らしく細くしなやかで、温かな手だ。

その手を軽く引いて促せば、アリシアがうっとりと瞳を細めて付いてくる。だがその最中にくすくすと笑い出すので、どうしたのかとパトリックが彼女の顔を覗き込んだ。

「アリシア、どうした？」

「いえ……。ただ、メアリ様が……ふふ」

抑えきれないと言いたげにアリシアが笑う。口元を押さえてはいるものの、指の隙間から覗く彼女の唇は弧を描いている。

それを見て、そして先程の話を思い出し、パトリックが肩を竦めた。

「そうだな、あのメアリが……。まぁでも胃もたれなんて、メアリらしい誤魔化し方だ」

「そうですね。メアリ様ってば。でも発表の時が楽しみですね」

「発表？　あのメアリの事だから、言わないいんじゃないか？」

「ぎりぎりまで秘密にするんですね！」

パッとアリシアが表情を明るくさせ、その日が待ち遠しいとはしゃぐ。

これにはパトリックも藍色の瞳を丸くさせた。喜ぶ事だろうか？　と疑問が湧く。

なにせあのメアリが、他でもないメアリが、

嫉妬しているなんて……。


そんなことを彼女が他人に言うわけがない。他人に弱みを見せられず、そんな自分が認められず、隠し通すのではないだろうか。

まるで、自分のように……。

そこまで考え、パトリックが足を止めた。今はダンスの場だ。メアリもアディも居ない。隣に居るのは、今夜は大人しく自分の隣に居てくれるアリシア。ならば今は彼女の事だけを考えなくては。

そう己に言い聞かせ、アリシアの手を握り直した。だというのにアリシアはニマニマと笑っており、パトリックは再び肩を竦めてしまう。いまだ彼女の頭の中には胃もたれを訴えるメア

リが居るようだ。……いや、いまだではなく、常にというべきか。

「メアリも俺も、もっと正直になれれば良いのにな……」

「男の子、女の子、どっちかしら……ふふ」

パトリックとアリシアがほぼ同時に呟き……、

「ん？」

と顔を見合わせた。

まったく見当違いな事を相手が言ったような……と疑問が湧く。だが流れ始める音楽に意識を持っていかれ、ゆっくりと足を動かした。

「ベルティナ様は間違いなくゲームの記憶を持っていますね」

そうアディが断言するのは、パーティーから戻ってきた夜。ドレスを脱ぎ入浴を済ませ、疲れたから寝よう……とメアリが自室に戻ったところ、机の上に見慣れぬ招待状が置かれていた。

中を見ると、

『ドリル・アルバート様宛　合金ドリル追悼会　夜の部のお誘い』

と書かれている。日付は今日、時刻はそろそろ。場所は……アディの部屋。

それらを綴るレタリングは美しく、これが真っ当な文面であったならどんなに良かったことか……とメアリは招待状を眺めつつ瞳を細めた。

「妙な凝り方しないで、ちゃんと部屋に誘いなさいよ！」

そう文句を言いつつ、それでもと上着を羽織る。

そうして合金ドリル追悼会の会場もといアディの部屋へと行き、我が物顔で彼のベッドの上に腰掛け、紅茶を受け取り……そこで言われたのが先程の一言である。

どうやらダンスの最中にベルティナと話をしたらしく、そこで確証を得たのだという。

「ベルティナ様はお嬢のことを意地悪と仰っていました。お嬢がよく言われる『変わり者』でも『合金ドリル』でもなく、ましてや『鳥丼令嬢』とか『敏腕ドッグトレーナー』でもありません。意地悪、と仰っていたんです」

「待って、前二つはもう諦めたとして、新たに加わった二つについて聞きたいんだけど」

「お嬢は確かに変わり者で合金ドリルで鳥丼を愛するドッグトレーナーですが、『意地悪』という表現はおかしいですよね。それこそ、悪役令嬢メアリ様でない限り」

「そうね……と言いたいところだけど、駄目、敏腕ドッグトレーナーが気になって話が頭に入ってこないわ。大型犬は相変わらずだし、小型犬の泣き癖も直せていない、敏腕ドッグトレーナーなんて恥ずかしくて名乗れないわ。……そうじゃなくて、謙遜してる場合じゃない」

はたとメアリが我に返り、アディに向き直る。

今は鳥井だのドッグトレーナーだのを気にしている場合ではない。今問題視すべきはベルティナの事だ。

「やっぱり、どうりで悪役令嬢メアリみたいな嫌がらせをしてくると思ったわ」

溜息交じりに話し、メアリは今までベルティナがしてきた嫌がらせを思い出した。

騒々しいと文句を言ったり、教科書を破こうとしたり、紅茶を零して衣服を汚そうとしたり……。挙げ句のはてに、先程はパーティーで意中の相手を目の前で奪おうとしてきた。

状況や結果は変わってはいるものの、どれもドラ学のゲームとアニメ内でメアリが行った嫌がらせだ。取り巻きを従えてふんぞり返る姿なんてまさにではないか。

ドラ学ではこれらの嫌がらせにアリシアは傷ついていた。とりわけアニメは心理状況が鮮明に描かれており、涙を誘うシーンも多かった。嫌がらせを受けてアリシアが傷つき涙し、そこを攻略キャラクター達が優しく慰める……ワンパターンだが心ときめかせる展開だ。

それを話せば、アディの眉間に皺が寄った。

「……あの程度で傷つくアリシアちゃんが想像できないんですが」

「ドラ学のアリシアは人並みの打たれ弱さを持っていたのよ」

「アリシアちゃんの、打たれ弱さ……？　物理的に打たれての事ですか？」

「驚愕の事実を前に混乱してるわね。彼女もまたドラ学とは違うの、耐久性だけを見ても別人と判断出来るわ。まぁそれはさておき、これでベルティナさんに記憶があることが確定したわね。そうなると……」

どうすべきか、と言い掛け、メアリがにんまりと笑みを浮かべた。

面白い、と思ってしまったのだ。

かつて悪役令嬢としてアリシアに嫌がらせをしていた自分が、今はやられる側に回っている。それも、本来ならばアリシアの友人になるはずのベルティナから。そのうえ、アリシアはメアリをベルティナから守ろうとしている。

それぞれのポジションも行動も、なにもかもが入れ違っている。

なんて面白いのだろうか。

相変わらずこの世界は少しドラ学だが、なかなかどうしてメアリ好みに皮肉が効いてきた。

「いいわ、八つ当たりだろうと何だろうと、受けて立ちましょう。前世の記憶も何も関係ない、このメアリ・アルバートに楯突くとどうなるか、教えてあげるのが年上の令嬢たる役割よ」

「お嬢、またそうやって……」

「たまには私だって、嫌われる行動をしてまともに嫌われたいのよ。それに、万が一にもベルティナさんが私をぎゃふんと言わせられたら、悪役令嬢の座を譲ってあげても良いわね」

メアリが上機嫌に笑う。

対してアディは不服そうな表情で「人の気も知らないで」と愚痴ると共にゆっくりと立ち上がった。メアリが座るベッドに乗り、背後に回ると後ろから抱き着いてくる。

「人の気も知らないで、ってどういうことよ」

「俺はベルティナ様に好かれても良い気分なんてしないんですよ。それなのに、まるで煽るように……」

「良いじゃない、たまには嫉妬されてみなさいよ」

「嫉妬？」

誰が誰に？　とアディが間の抜けた声をあげる。

彼はルークが話していたときに居なかった。ベルティナに付き合わされていたのだ。それを思い出し、ならばとメアリがルークの話をしてやった。

奪われるわけがないと、アディにその気が一切ないと分かっていて、それでもベルティナを愛しく思うあまりに嫉妬してしまう。苦しそうにルークが話していた……。

説明する最中に背後から唸るような声が聞こえてくるが、どうやらアディは嫉妬されて複雑な気分のようだ。

「嫉妬するのもされるのも、俺の趣味じゃありません」

「嫉妬する？　アディ、貴方も嫉妬したことがあるの？」

初耳だわ、とメアリが驚けば、背後から再び唸るような声があがった。随分と恨めしそうで、これにはメアリもよっぽどの事なのかと察する。

アディとの関係は長く、それこそメアリが生まれた時から共に居た。だが彼が誰かに対して嫉妬をしていたとは初耳だ。

思わずメアリが抱きしめられたまま振り返って背後を窺った。

「ねぇアディ、誰に嫉妬したの？　なんで？　どうして？」

教えて、とメアリが問いかける。だがアディは随分と険しい表情で唸るだけだ。

どうやらあまり口にしたくないらしい。だが彼の頑なな態度と表情は余計にメアリの興味を掻き立て、抱き締められた自分の体を軽く揺すって「誰にも言わないから」と回答を促した。

そうして数度メアリが強請れば、根負けしたのかアディが溜息と共に口を開き……、
ガブリ、とメアリの首筋に噛みついてきた。

痛みなどない猫の甘噛みのようなもの、それでも思わずメアリが悲鳴をあげる。だがアディは更に別の場所を……とメアリの肩や首を噛んでくる。心なしか抱きしめてくる腕の力も増しており、メアリが必死に体を捻った。

「なによ！　びっくりするじゃない！」

「貴女という人は……！」

「だからやめっ……！　なんの恨みがあるのよ！」

「俺が嫉妬なんて、貴女に関すること以外にありえないでしょう！」

「だからって噛むことは……！」

噛むことは無いじゃない、と怒鳴りかけ、メアリは言葉を止めた。

先程のアディの言葉を脳内で反芻する。『貴女に関すること以外にありえない』と。

それはつまり……。

「私のために？　私のせいなの？」

改めるように確認すると、もとより強く抱きしめていた彼の腕に更に力が入る。チラと背後

を見れば、アディの頬が、それどころか耳までも真っ赤になっているではないか。

そのうえメアリの視線に気付くと、耐えられないと言いたげにふいと視線をそらしてしまう。

分かりやすいその仕草の愛おしさといったらない。

だが今その愛しさに笑みをこぼせば、躍起になって再び噛まれかねない。

「私のことで、誰に嫉妬したの？」

「笑わないって約束してくれるなら話します」

「これ以上噛まないって約束してくれるなら笑わないわ。跡になっちゃうでしょ」

「……明日はスカーフを巻きましょう」

「もう跡になってるのね」

手遅れだったか……とメアリが肩を竦める。噛まれたとはいえ痛みはないが、どうやらしっかりと跡が残っているらしい。今更になって申し訳なくなったのかアディが首筋にキスをしてくるが、それがまた跡になるので堂々巡りだ。

だがついてしまったものは仕方ない。それに、首筋の跡をスカーフで誤魔化すのというのも、なんだか甘くてむず痒い。

そんなむず痒さを誤魔化すようにコホンと咳払いをし、「それで？」と話の先を促した。

「私の為に、誰に嫉妬したの？」

「我ながら身の程知らずだと思っていますが……パトリック様です」

「パトリック？」

背後から聞こえてきた名前に、思わずメアリがオウム返しで尋ねる。

パトリックとは、他でもない数時間前まで共にいた人物だ。

眉目秀麗・文武両道、誰もが憧れる人物。彼に恋焦れない令嬢は居ないとさえ言われているほど。その完璧さを、昔から付き合いのあるアディが知らないわけがない。

そのうえ、アディとパトリックは友人としての付き合いもある。

そんなパトリックに対して……とメアリが呟けば、分かっていると言いたげにアディが溜息を吐いた。

「パトリック様に嫉妬なんて、我ながら無謀だと思いますよ。それに、俺は昔からパトリック様こそお嬢と結婚するにふさわしい相手だと思っていましたからね」

過去の心情を語るアディの口調はどことなく苦しそうだ。それに気付き、メアリが慰めるように彼の胸元にすり寄る。

彼が話すのは、メアリがまだアディの気持ちを知らず、それどころか自分の気持ちにさえ気付いていなかった頃の事だ。

当時はメアリも自分の結婚相手はパトリックなのだろうと考えていた。互いの家柄も見目も釣り合い、なにより両家の為になる。そこに恋心は無いが友情があり、それならば十分だと、政略結婚が常の社交界において友情があるなら良い方だとさえ考えていた。

……パトリックと結婚すれば、変わらずアディと一緒に居られる。そんな自分の本音にも気付かずに。

「パトリック様と結婚すれば、お嬢は何不自由なく暮らしていける。アルバート家にとってもこれ以上ないほどの良縁。それが分かっていても、パトリック様には逆立ちしたって敵わないって分かっていても、それでも嫉妬してしまうんです」

「そうなのね……」

背中越しに聞こえてくるアディの話に、メアリが上擦った声色で相槌を打つ。

真摯に告げられる言葉、吐露される彼の話に、鼓動が速まって落ち着かない。顔が熱い。いや、熱いのは顔か？　抱きしめられている体か？　心か？　それすらも分からない。

その熱に浮かされて吐息を漏らしたが、その吐息すらも熱い。

「私を想ってパトリックに嫉妬したのね……」

「誰だって嫉妬するんですよ。パトリック様だけじゃない、お嬢を取るならアリシアちゃんやパルフェット様にだって嫉妬しますからね」

「まぁ、嫉妬深い」

「そうですよ。俺は嫉妬深くて独占欲が強いんです。お嬢は面倒な男に捕まりましたね」

「本当、これじゃ逃げられそうにないわ」

照れ隠しなのだろう冗談めかして告げてくるアディに、メアリも冗談で返す。もちろん、逃げる気なんて無いのだが。

それでも口では参ったと言いたげに装うのは、メアリなりの甘え方だ。なんて甘いのだろうか、自分も、彼も。その甘さに酔いしれつつ、ぐりぐりと後頭部をアディの胸元に押しつける。

もっと話をしてくれと強請る、甘さのおかわりだ。恋愛とは甘ければ甘いほど良い。

「俺の嫉妬深さは尋常じゃありませんよ。俺は嫉妬するあまり……」

「嫉妬するあまり？」

「酒に酔うと、同僚達に『お嬢がパトリック様と結婚するなら、俺だってパトリック様と結婚してやる……！』って愚痴っていましたからね！」

なぜか――本当になぜだろうか――堂々と語るアディに、メアリが「そうなのね……」と呟き、スルリと彼の腕からすり抜けた。

突然腕の中が空になり、アディが「あれ⁉」と間の抜けた声をあげる。それを聞きつつ、メアリは抱きしめられていたことで皺になった部屋着を整えた。

甘い時間は終わり、パンッと手を叩いて仕切り直しだ。

「さぁアディ、さっさと寝るわよ。明日は早いんだから！」

「早い？」

「えぇそうよ。だって……」

理由を言い掛け、メアリがニヤリと笑う。

「だって明日は、買い物にいくんだもの！」

そう宣言すれば、再びメアリを捕らえるべく腕を伸ばしてきたアディが「買い物？」と首を傾げた。

まだ午前中だというのに、市街地は人と活気に溢れている。

とりわけ今日は天候もよく過ごしやすいので、人も活気も倍増だ。心地好い風が道沿いに並ぶ木々を揺らし、メアリの銀糸の髪と首もとに巻いた水色のスカーフも揺らす。

だが今のメアリはそれを気にする様子もなく、にぎわう市街地を前に不敵な笑みを浮かべていた。戦いを前にした応戦的なその表情を見て、隣で欠伸をしていたアディが呆れの表情を浮かべる。

「お嬢、何を企んでいるんですか？」

「あら、企むなんて人聞きの悪いこと言わないでちょうだい。ちょっと買い物をするだけよ」

「買い物ねぇ。ちょっと買い物して、ベルティナ様に邪魔されるつもりですか」

「察しがよくなったわね、ご名答よ」

メアリが笑みを強めて返せば、アディが呆れを込めた溜息を吐く。

彼が察した通り、メアリはこの市街地でベルティナに買い物の邪魔をされるつもりでいる。

彼女がドラ学メアリの嫌がらせを模倣しているのなら、この『市街地デートの邪魔』というチャンスを逃すはずはない。きっとどこからか現れ、これ見よがしにアディを誘うのだろう。

そこを捕まえ、そしてきちんと話をしようとメアリは考えていた。

学園内で突っかかってくるのは構わないが、さすがに社交界では控えるように……と。悪役令嬢をやるにもマナーが必要なのだ。

「特にあの子には婚約者がいるし、問題が起これば被害が及ぶのは本人だけじゃないのよ。それをきちんと教えてあげなくちゃ。これは本家悪役令嬢の務めよ」

「お嬢はそれだから敏腕ドッグトレーナーって言われるんですよ」

「……次の課題は噛み癖のある犬の躾かしら」

そうメアリが首もとのスカーフを撫でながら呟けば、一瞬にして赤くなったアディが咳払いで誤魔化しだした。そうして「ところで……」とわざとらしく話題を変え、ちらと視線を他所に向ける。

メアリもそれにつられるように視線を向けた。

そこには賑やかな市街地の風景が広がっている。目的のある者は足早に、目的の無い者はあちこち目移りしながら、十人十色の速さで人々が行き交う。それらを店員が呼びこみ、より賑わいを見せている。

……そして、

「パルフェットさん！　あっちには美味しいケーキのお店があるんですよ！　ここのお店のクッキーも絶品です！」

「ふぁぁ、賑やかで楽しくて涙が……！」

片やキャッキャと楽しそうに声をあげ、片やふるふると震えながら歓喜する、この二人も市

街地の賑やかさに一役買っているだろう。言わずもがな、アリシアとパルフェットである。

いったいどこから情報が漏れたのか、メアリとアディが出かけようと馬車に乗り込んだところ、すでに二人が着座していたのだ。当然のように、それどころか「まだ朝方は冷えますね」と二人とも膝掛けまで用意していた。

それを見たメアリが思わず悲鳴を上げ、そしてその悲鳴を合図に馬車が走りだし今に至る。

「さすがにこれは予想外だわ。貴女達、今日は私とアディだけで買い物をするのよ。帰ってちょうだい」

「お昼は渡り鳥丼ですよ、パルフェットさん！」

「はい！　お昼のために朝食を軽めにしてきました……！」

「……お昼までなら同行を許してあげる」

仕方ないわね、とメアリが澄まして告げる。

渡り鳥丼屋で昼食をとる予定なら無下にはできない。客は大事にしなければ。

「お嬢、良いんですか？」

「仕方ないわ。それに、ベルティナさんが来るまでの時間潰しと考えましょう」

あくまで今日の目的はベルティナと話をすること。そうメアリが説明すれば、アディが肩を竦めることで了承を示してきた。

少し不服そうなのは、きっと二人きりの買い物を邪魔されたからだろう。メアリが思わず苦笑を浮かべ、首もとのスカーフを軽く撫でた。

「皆様、奇遇ですわね！」

高らかなベルティナの声が聞こえてきたのは、市街地を見て回り、アリシアお薦めの喫茶店で一度休憩し、再びお店を……と長閑に買い物をしていた最中。

その声を聞き、アディが小さな声で「やっぱり来たか……」と呟く。随分とうんざりした声色ではないか。対してメアリは「ようやく登場ね」と不敵に笑い、さも予想していなかったと言いたげに振り返り……そして息を呑んだ。

ベルティナが仁王立ちで胸を張っている。そんな彼女の背後には、高く積まれた箱を抱える取り巻き達。その姿は市街地で買い漁ったと一目で分かる。

メアリが心の中で「私がやりたかったやつ！」と感動する。――ベルティナの性格を考えるに、取り巻き達が抱えている箱はちゃんと中身があるのだろう。けっして形を取り繕うための空箱ではない。……空箱は空箱でいまも役に立ってくれているが――

そんなベルティナを見て、アリシアがむぅと眉間に皺を寄せた。溌剌として人懐こい彼女らしからぬ表情は、これもまたかつてメアリが望んだ反応だ。悪役令嬢としてアリシアをいじめ、そして彼女に警戒されたかった。

……間違えても、メアリを庇うようにベルティナとの間に割って入るような反応は望んでいなかった。どうしてこうなったのかしら、とメアリの頭上に疑問符が浮かぶ。

「ご機嫌よう、ベルティナさん。貴女も買い物？」

「えぇ。せっかく交換留学で来たんですもの、その国でどういうものが流行っているのか、今後のためにも知っておこうと思いまして」

「渡り鳥丼よ！　渡り鳥丼が老若男女問わず空前のブームを起こしているわ！」

「お嬢、情報操作はそこまでにしておきましょう」

アディに諭され、メアリがはたと我に返る。

そうだったわね……と己を落ち着かせ、改めてベルティナに向き直った。

「今の流行はコロッケよ」

「お嬢」

「違った。そうじゃないの。……ベルティナさん、少し話をしたいんだけど、お時間頂けないかしら」

「話？　残念ですが、私メアリ様と違って忙しくて時間がありませんの。……それより」

チラとベルティナが視線をメアリの隣へと向ける。

誰にか？　もちろんアディにである。

相変わらず分かりやすく露骨な視線に、アディが顔を顰める。だがそれすらも気付いていないのか、もしくは気にかけていないのか、ベルティナがアディへと近付くとその腕を取った。

「アディ様、昨日はパーティーにお越し頂き、ありがとうございました」

「こちらこそ、お招き頂きありがとうございました」

「そのうえ私の我が儘でダンスにまで付き合って頂き……。強引に誘ってしまい、申し訳ありませんでした」

途端に声を落とし、瞳を伏せてベルティナが先日の事を詫びる。その姿だけ見れば、自分の行動を恥じるしおらしい令嬢ではないか。……いまだアディの腕をしっかりと掴んで放さないあたり、真意は怪しいところだが。

そうして謝罪すると、今度はパッと顔を上げてアディを見つめた。

「アディ様、是非お詫びとお礼をさせてください。スーツがよろしいですか？　それとも他のもの？」

「お気遣い頂きありがとうございます。ですが謹んで辞退申し上げます」

「ならこの市街地を案内してください。初めて訪れましたの。アディ様のお薦めのお店に連れて行ってくださいません？」

「男の俺が案内するより、同年代の女性の方が良いと思いますよ。ご学友と一緒のようですし」

言葉遣いこそ丁寧だが一貫して拒否の姿勢を示し、アディが己の腕を掴むベルティナの手に触れる。そっと離すように促し、メアリに一歩近づいた。

「ベルティナ様、お心遣い感謝いたします。ですが俺はお嬢と……メアリ様と、いえ、妻と夫婦で買い物をしておりますので」

あえてメアリの事を妻と、そして夫婦と言うのは、きっと割って入るなというアディなりの

牽制なのだろう。これにはメアリも頬を赤くさせてしまう。――メアリの背後では「アディさん熱烈ですねぇ」「ドキドキして涙が……！」とアリシアとパルフェットが話しているが、この際なので放っておく。彼女達に牽制が効かないのは今更な話だ――

だがベルティナには効果があったようで、彼女はアディの言葉を受けて悔しそうに言い淀んでいる。次いで何を思ったのか、メアリを睨みつけてきた。

栗色の瞳が、敵意を隠すことなく鋭くメアリに向けられる。……のだが、ふわふわと風に揺られるリボンと相まってか、今一つ迫力に欠ける。ドラ学メアリのような迫力は無い。

「メアリ様！　次はどちらのお店に行くつもりですの!?」

「次？　次はそろそろお昼に……」

「お昼！　どちらのお店になさるのかしら!?　でも別に興味があるんじゃありませんの！　庶民のお店なんてこれっぽっちも興味ありませんのよ！」

再三興味はないと訴えながら問い質してくるベルティナに、メアリとアディが顔を見合わせた。興味が無いという庶民の店を聞いて、はたして何をするつもりなのか……。本家悪役令嬢のメアリでさえ、突然のこのベルティナの訴えには疑問しか湧かない。

それでも聞かれたならば答えようと、二人揃って道の先を指さした。そこにあるのは……渡り鳥丼屋。この市街地でもとりわけ条件の良い場所である。

それを見たベルティナが「まぁ！」と声を上げた。

「なんてことかしら、私あのお店を買い占めようと思っていましたの！」

「買い占め？」

「ええ、私ちまちまと買うのが大嫌いですの。だって、一つ一つ品を選んで、比べて、時には お店を変えて……なんて庶民臭くてみっともないでしょう？　特に食事に関しては豪快に選ば なくては。ですから、すべて買い占めますの。メアリ様達が食べる分はありませんわ！」

残念ですわね、とベルティナがふんぞり返る。

そんな彼女の話にメアリはしばし考え込み、次いで真剣な面持ちで顔を上げた。

「ベルティナさん、貴女、経営の知識はあるのかしら？」

「お嬢、この場合の買い占めるとは商品のみです。経営権利まではありません」

冷静なアディの言葉に、メアリがはっと息を呑む。すっかり思考が経営モードになり、ベルティナの発言を「経営権利の譲渡」と取ってしまった。

違う、これは単なる嫌がらせだ。

嫌がらせのために先手を打って買い占めるとは、なんとも悪役令嬢らしいやり方ではないか。だが悪役令嬢らしさはあっても渡り鳥丼への愛は無い。経営権利は譲れない。

そう己に言い聞かせ、メアリは改めてベルティナに向き直った。彼女はいまだにふんぞり返り、「でもアディ様が食べたいと仰るなら……」とアディを誘っている。

どうやらメアリ達の昼食を買い占めることで邪魔し、そしてあわよくばそれを利用しアディと食事をしようと考えているようだ。嫌がらせをしつつ、アディにもアプローチ出来る、なるほどこれは考えたなとメアリも感心してしまう。

もっとも、感心はするが成功するとは到底思えない。現にアディはベルティナの分かりやすいアプローチに難色を示している。きっと断りの言葉を選んでいるのだろう。

そんな二人を眺めつつ、メアリは鞄から手帳を取り出した。革張りの、壮年の男性が使用していそうな手帳だ。洒落っ気の無いそれは令嬢の手には似合わないが、そもそもこれは『渡り鳥丼屋経営者の手帳』なのだ、洒落っ気は不要。

細かに書かれているスケジュールを眺め、メアリが「大量納入……」と小さく呟いた。

渡り鳥の肉はメアリの親族が管理する北の大地から産地直送である。納入数を増やすにも向こうと連絡を取る必要があり、日数が掛かる。

それを踏まえて計算し、この日ならばと最短の一日を見出す。今日から十日後だ。幸いお店も定休日、そこで大量入荷し……。

「ベルティナさん、買い占めは十日後にしてくれると嬉し……いえ、私とても悲しいわ」

「な、なんで十日後ですの⁉ 今じゃありませんの⁉」

「特に深い理由も企みも経営戦略も無いわ。ただ十日後にあのお店の商品を買い占められると、売り上げが……じゃなくて、私とても悲しくて、悔しくて、辛くて泣いてしまうかも……！」

「十日後ですのね！」

メアリを負かせられると分かってか、ベルティナが表情を明るくさせる。

そうして「十日後よ、手配なさい！」と取り巻きに命じて歩き出した。「ではご機嫌よう」という彼女の言葉は、すでに勝利の余韻に浸っているかのようだ。

これで十日後に彼女が渡り鳥丼を買い占めてくれることは確定した。

「アディ、大口案件よ！」

売り上げアップを前にメアリが興奮する。

だが嬉しそうなメアリに対して、アディは冷ややかな表情でベルティナ達が去っていった先を見つめていた。

「……お嬢、当初の目的は覚えておいでですか？」

「当初の目的？　そんなもの当然……忘れてたわ……！」

メアリが切ない声をあげて頽れる。

当初の目的は、買い物の最中に割って入ってきたベルティナと話をすること。嫌がらせをするのは学園内に止めておけと伝えることだったのだ。

それを綺麗さっぱり忘れていた。

「渡り鳥丼への愛と経営者としての才能が暴走してしまったわ……！」

「結果として只の買い物になりましたね」

「……渡り鳥丼屋の売り上げが上がったから良しとしましょう」

「空回り」

「してない！」

空回りなんて認めない！　とメアリが訴える。

ここで認めてしまえば、これから先なにを言われるか分かったものじゃない。高等部時代・

大学部時代・渡り鳥丼屋開店時代……更に弱みを重ねるのは得策ではない。

だからこそメアリは何事もなかったかのようにふぅと一息吐いて、肩にかかった銀糸の髪を軽く手で払った。

「さ、行きましょう」

「なるほど、無かったことにするとは新たな戦法ですね」

「うるさいわよ！」

アディを叱咤し、メアリが歩き出す。

それを見て、ようやくメアリ達の話が終わったと察したのか、アリシアが「お昼ご飯ですね！」と嬉しそうな声をあげた。パルフェットが震えながらメアリの右腕に抱き着いてくる。振動が普段より大き目なのは、空腹によるものだからだろうか。

「まぁ、こうなったら開き直って食事と買い物を楽しみましょう。ほら、アディも……」

行くわよ、と声を掛けつつメアリが振り返る。だが彼を呼ぶ途中で言葉を飲み込んだのは、

「アディさんも行きましょう！」と溌剌とした声が被さったからだ。

アリシアの声。彼女はアディの腕を引っ張り、メアリ達に遅れまいと急かしている。

……アディの腕を引っ張って。

その姿は、まるで楽しみを前に親を急かす子供のようではないか。アディの腕を取りつつも、彼女の紫色の瞳は彼には向かわず、道の先にある渡り鳥丼屋を見つめている。

彼女の目的が昼食だと、そのためにアディの腕を引っ張っているのだと、ベルティナのよう

な他意は無いと、そう誰だって一目で分かるだろう。

……だけどどうしてか、落ち着かない。

言いようの無い焦燥感が湧き、メアリがぎゅっと胸元を掴んだ。アディの腕を掴むアリシアの手から目を逸らせない。

そんなメアリの異変に気付いたのか、ふるふると震えるパルフェットがくいと腕を引っ張ってきた。見れば、元より涙目の彼女が眉尻を下げて心配そうに見つめてくる。今にも泣きそうな表情……いや、彼女に関しては常時泣いているのだが。

「メアリ様、どうなさいました……？」

「だ、大丈夫よ。……ちょっと胃もたれをしてるだけ。最近酷いの」

「メアリ様を苦しめるなんて、メアリ様の胃、許すまじ……！」

「私のために私の胃を恨まないでちょうだい。仕方ないのよ、これは渡り鳥丼とコロッケを愛する者に与えられた宿命なの」

「宿命……！」

メアリの大袈裟な説明にパルフェットが感銘を受けたと更に震えだす。

そうしてメアリの腕を擦り出すのだ。その健気さにメアリも小さく笑みを零した。見ればアリシアは既にアディの腕を離し、いつのまにか先頭を歩いている。

早く行きましょう！と急かしてくる彼女の瞳は真っすぐにメアリへと向けられている。アディの腕を掴んでいた時から、彼女はアディのことは見つめていない。

それを考えれば、不思議とメアリの胃もたれが音たてるように消えていった。

「まったく、そんなにみっともなくはしゃがないで下さる？　同類と思われたら堪ったものじゃないわ。きっと私の胃もたれはその田舎臭さのせいもあるのよ。貴女が風上に立っていたから、田舎臭さが風に乗って私の胃もたれを起こしたのよ」

「胃もたれ……んふふ」

「……なによ、その気持ち悪い笑い方」

メアリの『胃もたれ』という言葉を聞くや、アリシアがニマニマと笑い出す。それをメアリが睨み付け、ふんとそっぽを向くと、

「アディ、ほら行くわよ！」

と改めてアディを呼んだ。

ベルティナの嫌がらせは市街地での一件以降も続いた。

よく飽きもせず続けられるわね……と彼女の忍耐力を褒めたくなるほどである。

元来メアリは、嫌がらせという行動自体を理解出来ずにいた。

社交界で繰り広げられる令嬢達の対立も、関わらず口を挟まず、ただ傍観するのみ。――そもそも『変わり者』と陰口を叩かれていたメアリは、傍観に徹するまでもなく常に蚊帳の外だ

ったが――

嫌いなら関わらず、嫌がらせをする労力を他に回せばいい、それがメアリの考えである。

そんな嫌がらせ、それも横恋慕が加わると引くに引けないものなのだろうか？

そんなことをメアリが考えたのは、学園の一角でアディと共に紅茶を飲み、そこに居合わせたマーガレットとカリーナが加わり四人でお茶をしていた時だ。

具体的に言うなら、カリーナが足置きの話をし始めたので、極力聞かないようにと意識を他所にやっていた時のことだ。

その最中「あらご機嫌よう」と声を掛けられた。

またしても、今日もまた、案の定、いつも通り、恒例の、ベルティナである。

赤色のリボンを頭上に飾りふんぞり返っているが、カリーナの「ベルティナさん、先日は紅茶をご馳走様でした」という言葉には小さな悲鳴をあげた。どうやら恐怖は残っているようだ。

だが次の瞬間には愛想の良い笑顔になり「アディ様、ご機嫌よう」と猫なで声でアディに挨拶する。コロコロと変わる表情と声色は器用と褒めたくなるほどだ。役者に転換したら応援してあげようかしら……と、そんなことをメアリが考える。

そんなベルティナに、アディが頬を引きつらせながらも「ご機嫌よう、ベルティナ様」と返す。心なしか椅子をずらしてメアリに近付いてくるのは、きっとベルティナから逃げるためだろう。もしくは、冷気を漂わせ始めるカリーナから逃げるためか。

「皆様、こんなところで暢気に……いえ、優雅にお茶をしていらっしゃったのね。大学部の方々は暇そうで……いえ、時間に余裕があって羨ましいわ」

「そうね、大学部は割と時間が空くわね。……で？」

「高等部は忙しくて、疲れてしまいますの。でも仕方ありませんわね、忙しいのは先生方から期待を寄せられている証です。若者として受け入れねばなりません。でも暇そうな……いえ暢気な、失礼、自由に過ごしているメアリ様が羨ましいですわ」

「えぇ、大学部は自由だわ。……ねぇ、今回の意図が掴めないから、もうちょっと具体的に話してくれない？」

「私、まだ高等部ですので、学ぶべきことが多くて大変ですの。まだ若くて、若いから期待を寄せられて、未来がありますから。メアリ様と違って、若くて！」

「今日は年齢差を言いたいのね」

なるほどそうきたか、とメアリが紅茶に口をつけながら呟く。

どうやら今日のベルティナはメアリ達との年齢差を盾に嫌味を言いたいらしい。確かに彼女はメアリより年下、まだ高等部、若さを盾にするには十分だ。

とりわけ社交界の令嬢は美しさが武器の一つであり、年齢はそこにおおいに関与している。若い、それだけで価値があるのだ。

「メアリ様の名誉のために、薹が立つとまでは言いませんが。でもほら、私と比べると少し歳が過ぎていますでしょう？　それに、殿方はやはり若い女性の方が良いと仰いますし」

「ですって、どう？　殿方代表」

「俺に話を振らないでください」

眉間に皺を寄せ、アディが黙秘権を訴える。

それを聞き、ならばとメアリがカリーナへと視線を向けた。幸い彼女は冷気を止めているので、今ならばまともな会話が望めるだろう。

「殿方は若い女性の方が良いらしいわよ。カリーナさんはどう思う？」

「そうですねぇ……。ですが一概に若さだけとは言えませんよね。女性に求められるのは、気品や知性、母性、包容力、踏みつける時の脚力」

「カリーナさん、私のケーキあげるから当分黙っていてちょうだい」

年若い令嬢の教育に悪いでしょ、とメアリがケーキを差し出しつつカリーナを咎める。

ベルティナも彼女の取り巻き達も、「踏みつける？」だの「脚力？」だのと困惑しているではないか。だが幸い困惑で止まっているようで、新たな扉を開こうとしている者はいない。

交換留学に来て、新たな扉を開けた……となれば、学園の一生徒として申し訳ない。

だからこそ扉が開かれないうちにとカリーナを制し、ならばとマーガレットに声を掛けた。

彼女は先程からベルティナの言葉にクスクスと笑みを浮かべている。

現に今も「嫌だわ、カリーナ様ってば」と友人の暴走を優雅に咎めている。そんなマーガレットなら、とメアリが期待を抱いてその名を呼ぼうとし……そして出かけた言葉を飲み込んだ。

マーガレットは微笑んでいる。

緩やかに弧を描く口元、クスと小さく漏れる優雅な声、大人の魅力が漂っている。

ただ、目が笑っていない。

ギラギラと獰猛な輝きを放っている。


それを見て、メアリはしまったと彼女に声を掛けた己の迂闊さを悔やんだ。

マーガレットが今交際しているのは、ダイス家三男バーナード。当然だがマーガレットよりも年下だ。それどころかベルティナよりも年若い。

年齢差のある交際は社交界では珍しくないとはいえ、年上の女性側からしてみればあまり気分の良いものではない。それも、こうも年齢の事を指摘されれば気分を害するに決まっている。

ただの令嬢ならばまだ傷つくだけで済むが、マーガレットが気分を害したらどうなるか……。

そう、狩人の覚醒である。

だがベルティナはマーガレットから漂う殺気にも、ギラッギラに光る彼女の瞳にも気付いていないようで、いまだツンと澄ましている。それどころかマーガレットの無言と微笑みを肯定と取ったのか、どことなく得意気だ。

「殿方が求めるのは女性の美しさ麗しさ、そしてそれらを引き立てるのが若さです。やはり若いというのはそれだけで価値があると思いますのよ」

「や、やめなさいベルティナさん……」

「若ければ若いほど良いのですよ。肌のハリも、髪のツヤも違いますし。若いと女性としての愛らしさも際立つでしょう。私達の中に交ざればメアリ様なんて」

「ベルティナさん！」

それ以上は！　とメアリがストップをかける……と、それとほぼ同時にマーガレットがカッと目を見開いた。

「秒読みモードに入ったわ！　ベルティナさん、逃げなさい！」

「な、なんですの……!?」

「バルテーズ家を乗っ取られたくなければ、今は退くのよ！」

「こんなところで退きませんわ！」

メアリが撤退を促してもベルティナは意地を張る。

思わずメアリが小さく舌打ちをした。令嬢らしからぬ余裕の無さだが、もう時間が残されていないと焦りを募らせるあまりだ。

なにせ狩人が先程からなにやら呟いている……。バルテーズ家の領地やその広さ、家柄、家族構成、そして家を乗っ取るための算段……。

かくなる上は……！　とメアリが立ち上がり、他所を向くと「あら」と声をあげた。

「あそこに居るの……バーナードじゃないかしら？」

偶然見つけた体を装って、メアリが誰にともなく告げる。

といってもそんな偶然が都合よく起こるわけが無い。マーガレットの気を逸らすための嘘だ。

だが嘘でも効果があれば良い。現に彼女は「バーナード！」と愛しい少年の名を口にし、途端に狩人から令嬢へと切り替わった。……もっとも、この令嬢状態も極上の男を捕まえるためと考えれば狩人でしかないのだが。

「メアリ様、バーナードはどちらですか？」

「あ、あら、私の見間違いだったのかもしれないわ」

ごめんなさいね、とメアリが勘違いを謝罪すれば、立ち上がりかけていたマーガレットが残念そうに座り直した。その表情は彼女らしくなく気落ちしており、本当にバーナードに会えると期待していたのが分かる。

ベルティナを逃がすためとはいえ、悪いことをしてしまったかも……とメアリの胸に罪悪感が湧いた。

マーガレットとバーナードは国を跨いでの交際をしている。そのうえ年齢差があるのだから、メアリとアディのように常に一緒というわけにもいかない。会える機会がどれだけ大事か……。騙してしまったお詫びに、食事の約束でも取り付けてあげようか、そう考えてメアリがマーガレットに声を掛けようとした。だがそれより先に、

「まぁ良いです。だって今晩夕飯に誘われているんですもの。それも二人きりで」

とあっさりとデート自慢をしてきた。そのうえバーナードから声をかけてくれたのだという惚気付き。さらにはその時のバーナードの愛らしさを聞いてもいないのに語り出す。

これにはメアリの罪悪感も四散するように消失し、バーナードはまだ年若いから程々にと彼

女の狩人精神に釘を刺しておいた。

バーナードはダイス家の三男、まだ幼く愛らしい少年だ。狩人が本気を出せば純粋な少年はひとたまりも無いだろう。いくら二人が両想いとはいえ、さすがに見過ごせない。

だが今はバーナードよりも心配すべき人物がいる。ベルティナだ。

彼女は自分を他所に話が進んでいることに痺れをきらしたのか、苛立ちを露わにした表情でメアリを睨み付けてきた。だが相変わらず迫力が無く、放っておかれた子犬が拗ねてキャンキャン鳴いているようにしか見えない。

「もうよろしいかしら！　私、メアリ様達に構っていられるほど暇ではありませんの！」

ツンと澄ました態度と共にベルティナが言い切る。我が儘な令嬢にとって、蚊帳の外は長く耐えられるものではないらしい。——このやりとりの最中、「好みと言えば、アディ様はヒールが細い靴と太い靴、どちらが好みですか？」「それは見た目ですか？　踏まれ心地ですか？」「踏まれ心地です」「知りません」と蚊帳の外で暢気に会話をする二人を見習ってほしい。……会話の内容は見習ってほしくはないが——

「私、若くて未来がありますの。メアリ様みたいに時間を無駄になんて出来ませんわ」

「そうね。若いものね。ところで渡り鳥丼はどうだった？」

「おいし……いえ、そこそこですわ。まぁ庶民が通うお店にしては良い方かしら。認めてあげない事もない程度ですのよ！」

ツンと澄ましてベルティナが告げる。

どうやら買い占めた渡り鳥丼を取り巻きにも振る舞ったようで、彼女の撤退を察して支度をしていた取り巻き達が「美味しかった」だの「今度お店にも行ってみましょう」だのと話をしている。

そうして「ではご機嫌よう！」と取り巻き達を連れて去っていくベルティナを、メアリはニヤリと笑みを浮かべて見送った。

彼女はあの通り分かりやすく喧しい、そして常に取り巻きを引き連れている。上手く扱えば良い広告塔になってくれるだろう。

「……お嬢、また良からぬことを考えていますね」

「あら失礼ね。ちょっと渡り鳥丼屋の事を考えていたのよ」

「そうですか。でも渡り鳥丼の事は胃もたれしない程度にしてくださいね」

呆れ交じりのアディの言葉に、メアリも頷いて返す。

幸い先程は渡り鳥丼の話をしても胃もたれは起こらなかったが、程々に止めておくのが良いだろう。

そう考え、ならば別の話をしようと考えた瞬間、深い溜息が割って入ってきた。

重苦しいそれは、マーガレットが発したものだ。

先程まで狩人兼令嬢らしく微笑んでいた彼女は、今は憂いを帯びた表情をしている。視線が向かうのは、先程メアリが「バーナードがいる」と嘘をついた方向。まるでそこに彼の姿を探しているようではないか。

らしくない彼女の表情に、メアリも、それどころか話の最中は蚊帳の外でろくでもない会話をしていたアディとカリーナも案じて彼女へと視線を向ける。

「マーガレットさん……」

「……あら、ごめんなさい、私ちょっと考え事をしていましたわ」

「そう……。もしかして、ベルティナさんに言われたことを気にしているの？」

窺うようにメアリが尋ねれば、マーガレットが再び視線を他所に向けて小さく溜息を吐いた。

「気にしていない、と言ったら嘘になりますね。ただ断じてベルティナさんに言われたからではありません。若さと幼稚さをはき違えている彼女に言われたからでは、けっして、断じて、ありませんのでお間違え無く」

「恨みは良いから、先を続けて」

「畏まりました。ベルティナさんに言われたからではないんですが、それでもやっぱりバーナードより年上なのは気にしてしまいますね。どうしようもないのに」

困ったようにマーガレットが笑う。普段見せない自虐的な笑みだ。

だが事実、年齢差は本人が足掻いても覆せるものではない。彼女の野心も、さすがにこればかりはどうにも出来ないのだ。だからこそマーガレットが溜息を吐く。

そんな彼女を前に、メアリはどう声を掛けたら良いのか分からずにいた。

「マーガレット様、あまりお気になさらない方が良いですよ」

「……アディ様」

穏やかな声でアディがマーガレットを慰める。優しく諫めるような口調と声は、どうしたものかと困惑していたメアリでさえ安堵してしまいそうなほどだ。

その声に促されてマーガレットが顔を上げれば、自然と二人が見つめ合う。複雑な胸中もあってか直ぐには話し出さず、数秒二人の間に沈黙が流れた。……見つめ合ったまま。

今までにないその光景に、メアリの胸の内がざわついた。時差で胃もたれが起こっているのだろうか、と己の胸元を押さえる。

だがメアリが胃もたれを覚えている最中に、マーガレットが苦しそうに溜息を吐いた。

「気にするべきではないと分かっているんです。ですが、バーナードの周りには若い令嬢がいるでしょう。それを考えると……」

「俺は昔からバーナード様ともお付き合いがあります。彼は立派で、聡明な方。年齢だけで他所に目移りするような方ではありませんよ」

「……そうですね」

マーガレットの表情に僅かに安堵が浮かぶ。

だがいまだ気分は晴れてはいないのだろう。複雑な表情をしている。

そんなマーガレットの表情を見つめ、メアリはふと以前に聞いた言葉を思い出した。

『頭では理解していても、心が納得してくれない』

そう話していたのはルークだ。ベルティナと婚約していても、アディの気持ちが欠片もベルティナに向いていないと分かっていても、それでも嫉妬してしまうと話していた。どうにも出

来ないのに年齢差を気にしてしまうマーガレットと同じではないか。

その胸中の複雑さは、きっと胃もたれなどとは比べ物にならないのだろう。メアリが労わるように彼女に視線を向ける。

……だけどどうして、マーガレットを見つめるアディに視線が向かってしまうのだろうか。胃もたれが悪化し、心苦しささえ覚える。

「マーガレット様は魅力的な女性ですよ。それはバーナード様も……いえ、バーナード様こそ誰より分かっているはずです」

「……アディ様、ありがとうございます」

「それにここだけの話ですが、バーナード様は俺やお嬢によくマーガレット様のことを聞いてくるんです。ねぇ、お嬢？」

アディがぱっとこちらを向く。錆色の髪が揺れ、同色の瞳がメアリを見つめる。

ようやく彼が自分を見つめてくれた……と、メアリはそんなことを考え、はたと我に返ると自分の思考に首を傾げた。

ようやくとはどういう事か。なぜそんなことを考えてしまったのか……。

だが今はその疑問を気にしている場合ではない。返事をしないメアリに対し、アディが「お嬢、どうなさいました？」と様子を窺ってくる。

「な、なんでもないの。そう、バーナードよね。彼ってば、私達に会うといつもマーガレットさんの話ばかり聞きたがるのよ」

「そうなんですね……」

　メアリの話に、マーガレットの表情が徐々に晴れやかになっていく。

　愛しい相手が常に自分を気にかけてくれる、離れていても自分の事を知ろうとしてくれている、これ以上のことは無い。バーナードの事で気落ちしていたマーガレットへの最良の薬は、これもまたバーナードなのだ。

「そう考えると、胃もたれを治すのも渡り鳥丼とコロッケなのかもしれないわね……」

「メアリ様、バーナードはどんなふうに私の話を求めるんですか？」

「迎え酒ならぬ迎えコロッケ……？」

「メアリ様？」

「あ、あらごめんなさい。バーナードの事を思い出していたの。彼が『聞きたい事がある』って言い出すと、決まってマーガレットさんの事なのよ。エレシアナ学園はどんなところか、マーガレットさんはいつもどこで過ごしているのか、どんなお店が好きなのか……」

「バーナードってば……。もっとです、もっと聞かせてください」

「その時の彼ってとても可愛いの。マーガレットさんがどんなものが好きかを調べて、この国を案内したいって……」

「まぁ……。もっとです、メアリ様その続きを！」

「……真っ赤になるのも可愛いわね。手紙の挨拶はどんな文章が良いかを私やアリシアさんに聞くのよ。どんな文面が女性に好まれるかを調べて、少しでも喜んでほしいって」

クスクスと笑いながらメアリが話せば、アディも「そういえば」とバーナードとの事を話しだす。元よりアルバート家とダイス家は交流があり、メアリはもちろんアディも彼が生まれた時から知っているのだ。

だからこそ二人であれこれとバーナードのことを話せば、マーガレットの瞳が輝きだす。

次いで彼女は俯くと、ふぅー……と深く息を吐きグッと小さく拳を握った。「よしっ」と呟く声は小さいが、並々ならぬ気合いが感じられる。

「ありがとうございます、もう大丈夫です」

「ガッツポーズを控えめにした事は褒めてあげるわ」

「私ってば、らしくなく弱気になってしまいました」

お恥ずかしい、とマーガレットが優雅に笑う。その品のある笑い方はまさに令嬢といったもので、メアリとアディが顔を見合わせて肩を竦める。――ちなみに、この時なぜかカリーナがさり気なく荷をまとめ、さり気なく立ち上がり、そしてさり気なく優雅に去っていった――

「マーガレット様、あまりお気になさらない方が良いですよ」

「そうですね。アディ様、ありがとうございます」

「結局のところ、好みだなんだと言おうが男なんて惚れた相手が全てなんです。年上でも、それこそ身分違いの高嶺の花な令嬢でも、惚れたが最後その人しか見えなくなる。同年代のご令嬢に囲まれていても、バーナード様はマーガレット様しか見ていませんよ。……無理だと分かっていても、俺がずっとお嬢しか見ていなかったようにね」

アディが穏やかに、それでいてどこか照れ臭そうに微笑みつつ話す。その話にマーガレットもまた小さく笑みを零して頷いて返した。どうやら気分は落ち着いたようで、彼女の笑みを見て、良かったとメアリが安堵の息を吐いた。

だが次の瞬間にパチンと瞳を瞬かせたのは、マーガレットが「それはさておき」とおかしな話の改め方をしたからだ。

見れば彼女は相変わらず優雅に笑っている。……のだが、その瞳がギラギラと光っているのは気のせいではないだろう。あれは狩人の瞳だ。

なぜこの状況で狩人が帰ってきたのか……とメアリが引きつった表情で疑問を抱き、そして彼女を良く知るカリーナに回答を求めるべく視線をやった。そしてまたも瞳を瞬かせたのは、カリーナの姿が無いからだ。

蛻の殻となった一脚の椅子を前にすると、嫌な予感が湧く。

「ねぇ、マーガレットさん。カリーナさんもいつの間にか居なくなってることだし、私達もそろそろ……」

「バーナードとの約束まで時間がまだあります。是非彼の話を、詳しく、詳細に、事細かに、余すところなく、お話ししてください」

マーガレットの有無を言わさぬ迫力に、メアリがゴクリと生唾を飲む。

この狩人、飢えているわ……！　と心の中で悲鳴をあげるほどだ。それほどまでにマーガレットから言い得ぬ圧力を感じてしまう。

「メアリ様もアディ様も、幼少の時からバーナードを知っているのですよね。それはもう、私との思い出なんて一欠片という程に」

「そ、それほどでもないわ。彼とはたまに話をするだけよ。ね、ねぇアディ」

「え、えぇそうです……。少し親しいぐらいです」

引きつった笑みを浮かべつつメアリとアディが前言撤回する。

なんとも白々しい、その場凌ぎの誤魔化しである。むしろ誤魔化しきれておらず、必死なメアリとアディに対し、マーガレットがふっと視線を落とすと小さく笑みを零した。

「……最高の情報源を見落としていたわ」

という彼女の呟きに、メアリが慄いて身を反らした。

捕まってはいけない、これは長くなる、早く逃げねば、そう己の中で警報が鳴り響く。

だがあくまで鳴り響くだけだ。ギラギラと瞳を輝かせる狩人を前にすれば、アルバート家の令嬢といえども逃げる術はない。袋のネズミならぬ丼上の渡り鳥。

そして撤退を促す警報はアディの中でも鳴り響いているのだろう、彼はしばらく考えるように視線を他所に向けた後、引きつった笑みを押し隠しつつ話し出した。

「俺とお嬢では知っている事は重複しております。二人から聞いても意味が無いでしょう。俺はこのへんで失礼します……」

ゆっくりと立ち上がるアディは、メアリを囮にして逃げるつもりである。

それを聞いた瞬間、メアリがアディの腕をしっかりと掴んだ。

「アディ、なにを言ってるの！　たとえ同じ記憶といえども、男女では受け取り方が違うわ。男の人の意見も大事よ！」

「お嬢！　良いじゃないですか、お二人でゆっくりと話をしてください！　俺は……俺は夕食のコロッケを揚げてきますから！　今は職務中ですから！」

「逃がさないし、それはコックの仕事で貴方の仕事じゃないわ！」

キィキィと喚きながらメアリがアディの腕にしがみつく。

だがメアリもアディも同時にピタと動きを止めたのは、カチャンと甲高い音が響いたからだ。

マーガレットがティーカップをソーサーに置いた音。

令嬢のマナーとしては望ましくないその音を響かせたのは、言わずもがなわざとである。甲高いこの音でメアリとアディのやりとりに割って入ったのだ。

そんなマーガレットはメアリとアディの視線がゆっくりと自分に向けられるのに気付くと、穏やかな笑みを浮かべた。

なんて麗しい微笑みだろうか。相変わらず瞳はギラギラと輝いているが。

「この交換留学、手ぶらで帰るわけにはいきません」

そう優雅に断言するマーガレットに、メアリは溜息を吐き……、

「交換留学で何を学ぶ気なのよ……」

と溜息交じりに文句を吐きつつ彼女に向き直った。

アディが諦めの表情で紅茶を淹れ直すのは、長丁場になる事を覚悟したからだろう。

マーガレットからこれでもかと話を聞きだされてから数時間後、

「……来ないわね」

とメアリが呟いたのは、授業を終えて大学院の片隅に設けた駐輪場に向かう途中。——ちなみに大学でも相変わらず自転車通学である——

どうせ帰り際にも一度ベルティナが来るかと思っていたが、一向に彼女は姿を現さず、あの高飛車な「ご機嫌よう」も聞こえてこないのだ。

今まで帰りがけには必ずと言っていいほど現れ、難癖つけて絡んできたのに……。

「どうしたのかしら。もしかして、あの子どこかで迷子になってるんじゃ……」

「お嬢が心配してどうするんですか」

「だっていつも帰りがけには喧しく突っかかってきたじゃない。なのに一向に姿を見せない……どこかで具合を悪くしてるのかも」

助けに行った方が良いのかしら、とメアリが悩み出す。

来たら来たで迷惑だが、来ないのはそれはそれで不安を掻き立てるのだ。

「まったくお嬢は……。あれ、あそこにいるのベルティナ様じゃ」

「どこ⁉　無事なの⁉　罠に嵌ってたりしない⁉」

アディの言葉に、メアリが慌てて周囲を探る。

脳内では既に虎ばさみに掛かったベルティナが「助けてくださってもいいんですのよ！」と喚いて居るのだ。その背後に迫るのはパトリックやカリーナといった冷ややかな面々。気が気ではない。

「この学園のどこに罠があるって言うんですか。だけどまぁ、無事と言えば無事ですが……」

アディが何か言い淀み、次いですっと一方を指さした。

そちらを見ろという事なのだろう。メアリが彼の指し示す方向へと向けば、そこに居たのは睨み合うベルティナとパルフェット。

ベルティナの頭上ではヒラヒラと大きなリボンが揺れ、パルフェットもまた腰元で結わいたリボンを揺らしている。そのうえ二人共ぷくと頰を膨らませることで敵意を露わにしている。

彼女達は元より愛らしい顔付きをしており、頰を膨らませていても愛らしさは変わらない。眉間に寄った浅い皺も、その外見を損なわせるほどのものではない。

つまり、いくら睨み合っていても迫力など皆無というわけだ。これに一触即発の空気を感じ取れというのが無理な話である。

現に、ベルティナを見守る取り巻き達にも焦りの色は見られず、「ベルティナ様、頑張ってくださいませぇ」と間延びした応援をしている。――それどころか、取り巻きの数人が「これが終わったら皆で渡り鳥丼のお店に行きましょうね」と話しているではないか。本来ならば呆れるべき長閑さなのだが、メアリは思わずにんまりと笑んでしまった――

「まったくもって危機感のない穏やかな光景にしか見えないわね。平和そのものだわ」

「ええ、本人達は本気なんでしょうが、まったく危機感を感じられません。後ろで二人分の鞄を持ってるガイナス様が余計にシュールさに拍車を掛けますね」

「これはもう睨み合いじゃないわ、ぷくぷく合戦よ」

そんなことを話しつつ、ひとまずガイナスへと近付く。

彼はこちらに気付くと一礼し、気まずそうに睨み合う二人の令嬢へと視線を向けた。

「ガイナスさん、ご機嫌よう。このぷくぷく合戦はいつから開催されていたの？」

「ぷくぷく……パルフェット達の事でしょうか。かれこれ二十分ほど前からこの状態です」

「二十分⁉　結構長い事やってたのね⁉」

「そうなんです。女の闘いを邪魔するなと言われては俺も何も出来ず、ただここで見守っていました」

「そうなのね、貴方も大変ね」

「いえ、俺に出来ることとなんてたかが知れています。……争いの気配を察して颯爽と現れたカリーナ嬢とマーガレット嬢になんとか穏便にお帰り頂き、妙に爽やかな笑顔で飛び込み参加を言い出されたパトリック様にもお帰り頂いたぐらいです」

「ぷくぷく合戦より貴方の方が過酷な試練を強いられていたわけね」

日頃ガイナスには厳しく当たるメアリだが、これには流石に労いの言葉を掛けた。心なしか、彼から疲労の色が漂っているように見える。心労が出てしまっているのだろう。

そんな中、ベルティナがこの膠着状態に痺れを切らしたかのように「さっきからなんですの！」と声を荒らげた。

「マーキス家ごときが、この私に指図して良いと思っていますの⁉」

「た、確かにマーキス家はベルティナ様の家には敵いませんが……メアリ様をお守りしたいという気持ちには家名の差なんて関係ありません！　それに……！」

パルフェットがチラと横目でこちらを……ではなく、いまだ見守っているガイナスを見る。

確かにパルフェットのマーキス家はベルティナのバルテーズ家より劣るが、ガイナスのエルドランド家は彼女の家より勝る。その差を訴えたいのだろう。

それを察したのかベルティナが一瞬言葉に詰まる。だが直ぐに高飛車な態度に戻り、パルフェットを睨み付けた。

「婚約者の家名を盾にするなんて卑怯ですのよ！」

「卑怯なんかじゃありません。婚約者とは未来の夫婦、私は未来のエルドランド家夫人です！」

「そんなこと言って、結婚しないかもしれませんわ！」

「私とガイナス様は結婚します！」

「分かりませんのよ？　パルフェット様がガイナス様の家名に縋っているだけで、ガイナス様の愛はもう無いかもしれませんわ。せいぜいお友達止まりかもしれませんのよ！」

煽るようなベルティナの言葉に、パルフェットが「そんな！」と声をあげた。以前にガイナスから婚約破棄を申し出された時の事を思い出しているのか、サッと顔色が青くなる。

だが次の瞬間には表情を険しくし、敵意を露わに再びベルティナへと向き直った。ごくまれに見せる、彼女の芯の強さだ。

「ガイナス様は私の事を愛しています！　先日だって……」

言いかけ、パルフェットがグッと言葉を飲み込んだ。その頬が赤くなっていく。――ちなみに、赤くなるパルフェットとは対照的に、ガイナスが表情を青ざめさせ「パルフェット、あの事は……！」と慌てだした――

そんなガイナスの制止は残念ながら届かず、パルフェットは決意を改めるように拳を握ると、スゥと息を吸い込んだ。

「先日だって、ガイナス様はこの交換留学を餌に私からのキスを迫ってきたんですから！」

だから愛はあります！　とパルフェットが声高に宣言する。

その言葉を最後に、周囲がシン……と静まり返り、三者三様に表情を変えた。

「な、こんなところでキスの話なんて、ハレンチですのよ！」

とは、赤くなったベルティナ。頬も耳も赤く、赤いリボンがひらひらと揺れている。彼女に言い返すパルフェットも赤い。

真っ赤な二人を眺めつつ、おやまぁとでも言いたげなのはアディ。比較的落ち着き払った態度で、この収拾不可能となった状況に肩を竦めている。

そうしてアディが横目で様子を窺ったのは……。

「あらあらキスを……。そんな事をねぇ……」

と穏やかに美しく微笑むメアリと、

「これは、その、あの、迫ったわけではなく」

と真っ青になりしどろもどろで弁明するガイナス。

眼前の真っ赤なぷくぷく合戦に比べて、こちらは随分と空気が重くるしい。

その温度差といったらなく、間に挟まれるアディは風邪でも引きかねないほどだ。

だがメアリがこうも穏やかかつ優雅に微笑みガイナスに圧を掛けるのも理由がある。

パルフェットはメアリ依存症を拗らせているが、メアリもまた彼女を可愛がっている。ガイナスはそんな彼女を傷つけ悲しませた前科持ち。むしろ、パルフェットがメアリ依存症に陥る原因の一端とさえ言える。そもそもは彼がリリアンヌに唆されたからなのだ。

今でこそパルフェットが許しているからメアリも見逃しているが、さすがに『交換留学を餌にキスを迫った』というのは聞き流せない。

婚約関係にあろうと節度が必要なのだ。前科持ちなら尚の事。

もっとも、いくら節度のもと窘めるとはいえ、さすがにガイナスの脇腹を殴るわけにはいかない。……ゆえに、殴る代わりに脅すのだ。

「キスを迫ったなんて初耳だわ。結構積極的なのね、ねぇガイナスさん？」

「そ、それは……。迫ったという程ではなく……！」

「あら、ご自分で仕出かした事なのに随分とあやふやなのね。迫ったの？　迫ってないの？」

「迫った……と、言えなくもない……かと」

冷や汗を掻きつつガイナスが弱々しく認める。

それに対して穏やかに微笑んでいたメアリがカッと目を見開いた。節度モードに切り替わったのだ。殴りはしないが、一撃放たなければ気が済まない。

それを察してかガイナスが小さく悲鳴を上げると共に身構え、空気がより張り詰める。

だが次の瞬間、「もう良いですわ！」と高い声が響いた。

ベルティナだ。彼女はいまだ頬を赤くさせつつ、

「こんな品の無い話はもう出来ません！」

と言い捨てると足早に去っていった。赤いリボンがひらひらと揺れ、取り巻き達も一礼してベルティナの後を追い、しばらくすると道を曲がって見えなくなった。

それとほぼ同時に、ベルティナが去っていく背を睨んでいたパルフェットがくるりとこちらを向いた。

「メアリ様ぁ……！」

涙ぐんでこちらに駆け寄ってくるその姿は、いつも通りのパルフェットである。

これにはメアリも表情を緩め、両腕を広げて彼女を受け止め……と見せかけ、流れるような動きで彼女をガイナスへと受け流した。

勢いを殺すことなくガイナスへと引き渡され、彼に抱き着いたパルフェットが「あら？」と間の抜けた声をあげる。だが逃げ出すようなことはせず、ガイナスに抱きしめられると嬉しそ

うに彼に擦り寄った。

「ガイナス様、私の闘いを見てくださいましたか？」

「あぁ、パルフェットは強い女だな」

「ええ、私強い女です。だからガイナス様に守っていただかなくても大丈夫です。でも、どうしてもと仰るなら、私がガイナス様を守ってさしあげても良いんですよ？」

「それは切実に頼みたいな。……特に今、本当に守ってほしい。誰からとは言わないが」

先程のメアリがよっぽど恐ろしかったのか、もしくはここでパルフェットに拒絶されればいよいよをもってメアリの攻撃対象にされかねないと思ったのか、ガイナスが強くパルフェットを抱きしめる。

大柄な彼が縋るように抱きしめれば、小柄なパルフェットはすっぽりと包まれて見えなくなってしまう。もっとも、当のパルフェットは彼の必死さに気付いてはおらず、「仕方ないですねぇ」と彼の腕の中で笑っている。

そんな二人に、メアリは先程までの麗しく優雅な微笑みを呆れの表情に変え、仕方ないと言いたげに肩を竦めた。

「まぁ、今回はパルフェットさんの奮闘に免じて許してあげる」

「……あ、ありがとうございます」

命拾いしたとガイナスが安堵の息を吐く。

それを見て、メアリが肩に掛かる髪を払った。銀の髪がふわりと揺れる。

「それじゃアディ、帰るわよ。パルフェットさん、ガイナスさん、また明日」

「失礼いたします」

メアリが別れを告げ、アディが従者らしい態度で頭を下げる。

それを受けてガイナスも頭を下げて返した。……いまだパルフェットを抱きしめたまま。頑なに離そうとしないあたり、よっぽど先程のメアリが恐ろしかったのだろう。

彼の体に覆われて姿は見えないが、腕の隙間から「ご機嫌よう」と品のよいパルフェットの挨拶が聞こえてきた。

交換留学も一部の生徒を除きつつがなく進み、あと数日……という頃。

「メアリ様、メアリ様ぁ……！」

とパルフェットが以前にもまして涙ぐむことが多くなったのは、別れの時期が近付いているからだ。振動も小刻みで、摑まれた腕を伝ってメアリの銀糸の髪も揺れる。――以前にアディが「ドリルだったら振動なんてものともしなかったんですけどね」と言って寄越したことがあった。懐かしい、あの時叩きつけようとした解雇通知はどこにいったのか――

「そんなに泣かないでちょうだい。まだ数日残っているし、それに向こうに戻ってもまた遊びに来たら良いじゃない」

「ですが……ですが遠すぎます。距離を考えると涙が……。私とメアリ様の間には、国境という壁が立ちふさがっているんです……！」

「そうねぇ。それなら、こっちに別荘でも建てたら？」

「マーキス家にそんな財力はありません……はっ！」

何かを思いついたと言いたげに、勢いよくパルフェットが振り返る。

そこに居るのはアディとパトリックと……そしてガイナス。男三人はパルフェットが突然振り向いたことにそれぞれ色合いの違う瞳を丸くさせている。そんな中、ガイナスが代表するかのようにパルフェットの名を呼んだ。

「パルフェット、どうしたんだ？」

「マーキス家には別荘を建てる財力は無い……。ですがエルドランド家は違う……！　ガイナス様、結婚いたしましょう！　エルドランド家の財力を我が手に！　アルバート家の近くに別荘を建てるのです！」

活路はこれしかないと鬼気迫る勢いでパルフェットが迫れば、ガイナスが慌てた様子で首を横に振った。

「パルフェット、財産狙いで結婚なんて……！」

「私のメアリ様の傍に居たいという想いを、財産狙いだなんて仰らないでください！　ただメアリ様の傍にいるために、エルドランド家の財産を手中に収めたいだけです！」

「それを財産狙いと言わずに何と言うんだ！」

「つまりガイナス様は私と結婚したくないということですか！」

「ち、違う、結婚はしたい！　結婚はしたいんだが！」

こんな目的での結婚は嫌だと訴えるガイナスに、対してパルフェットが「婚約をしといて！」と怒りを募らせる。

どうやらメアリの別荘案に縋るあまりに冷静さを欠いているようで、小柄ながらにガイナスに迫る迫力は結構なものだ。怒りのあまりふるふると震えている。……いや、いつも震えているが、今の震えは普段の震えとは違う。プロなら一目で分かる。

これにはメアリも溜息を吐き、パルフェットの腕をさすって宥めてやった。冗談混じりに別荘と口にしてしまった責任は感じている。

「パルフェットさん、少し落ち着きましょう。まだ日はあるし、別荘を建てるにしてもすぐには無理でしょう」

「そ、そうですね。メアリ様……まずはエレシアナ大学に戻らなきゃいけませんよね……。メアリ様ぁ……」

どのみち一時は離れなければならないと察し、パルフェットがまたスンスンと洟をすすってメアリにしがみついてくる。先程のやりとりを見ていたアリシアも、そっとメアリ越しに手を伸ばしてパルフェットを宥め始めた。――メアリ越し、つまりアリシアもいつのまにかメアリの片腕に抱き着いているのだが、それを咎めるのは今更な話――

三人の令嬢が寄り添う姿は、傍から見れば麗しいことこのうえない。清らかな友情を感じさ

せるだろう。先程のパルフェットの怒濤の逆プロポーズを見ていなければだが。

「……パルフェット、俺は普通に結婚したいんだ」

とは、ガイナスの溜息交じりの呟き。ひとまずパルフェットが落ち着いたことに安堵はしているものの、どことなく切なそうだ。

それに対してアディは彼を慰めつつ、「それも良いんじゃないですか」と提案しだした。

「どんな過程があろうが、結婚出来るなら良いじゃないですか。パルフェット様から結婚を迫ったわけですし、言質を取って外堀固めればこっちのもんですよ。ねぇ、一級外堀建築職人様」

「誰が一級外堀建築職人だ」

同意を求めるアディに、パトリックが冷ややかに反論する。

そんな男達と、そして自分を挟んで会話をするアリシアとパルフェット。

こんな賑やかな日々もあと少し……とメアリが小さく溜息を吐いた。

メアリがふと足を止めたのは、パルフェットの財産狙いの逆プロポーズから数時間後の事。

道の先で話し込んでいるのはアディとアリシア。アディには飲み物を買ってきてもらうよう頼んでおいたので、きっとその道すがらにアリシアと会い、話をしているのだろう。

よくあることだ。メアリが入れば二人は話を一度止め、アリシアが飛びついてきて……と、日常茶飯事すぎて容易に想像できる。

それほどまでに見慣れた光景なのだ。……だけど。

「なによ、私のアディとあんなに楽しそうに話して……」

そうメアリは呟き、次いで目を丸くさせて己の口元を手で押さえた。

自分は今なんと言った？　随分と恨みがましい声を出さなかったか？

だが自分自身にいくら問いかけても答えは得られず、胸のあたりに不快感が溜まり始める。

なぜ今こんな状況で胃もたれを起こしているのだろうか。

いつも通り二人のもとへ行けばいいのに足が動いてくれない。それでいて楽しそうに話す二人から目が離せない。アディが穏やかに微笑み、アリシアが太陽のような笑みを浮かべている。

今すぐに二人に声を掛け、彼等の……いや、アディの視線を自分へと向けさせたい。そう急くように思うこの感情は、今まで二人の会話に加わっていた時のものとは違い、酷くドロドロとしたものに感じられる。

『私のアディ』だなんて、どうしてそんな事を思ったのだろうか。それもアリシアを相手に。

自分の胸の内が分からずメアリが困惑していると、「あら」と声を掛けられた。

ベルティナだ。彼女は相変わらず高飛車な態度でメアリに近付くと、頭上のリボンを揺らしてふんぞり返った。

「メアリ様、ご機嫌よう。こんなところで暇そうにして、どうなさいましたの？」

「……え、えぇ、ベルティナさん、ご機嫌よう」

ベルティナのつっけんどんな挨拶に、メアリが心ここにあらずで返す。

いつもならば呆れて溜息の一つでも吐くところだが、今はそんな気分にもならない。暇を持て余して羨ましいだの、自分は期待されて忙しいだのといった嫌味も、全て右から左で意識に残らない。

気になるのは、いまだ楽しそうに話しているアディとアリシア……。

そんなメアリの様子に気付き、ベルティナが窺うようにメアリの視線を追い、そこで話す二人を見つけた。

「アディ様とアリシア様ですのね」

「え、えぇ……そうね」

「随分と楽しそうですが、メアリ様はこんなところで何をしていらしたんですか？」

「私？　私は……」

ベルティナに問われ、メアリは答えようとし……瞳を伏せて言葉を濁した。

そんなメアリの異変にベルティナが首を傾げるが、再び眼前の二人に視線をやり「あれは」と小さく呟いた。

メアリがつられるように顔を上げれば、アディとアリシアのもとへと近付くのは……カリーナだ。

彼女は大事そうに布の包みを持っており、それをアディへと渡すと深々と頭を下げた。アデ

ィが慌ててカリーナを宥めており、アリシアが不思議そうに布の包みを見つめている。

「カリーナ様、どうなさったのかしら？　アディ様が受け取ったのは？」

「きっとアディの上着よ。前にアディが彼女に上着を貸したから……」

洗ったか、もしくは新しく仕立てたか。アディに礼を告げるカリーナは嬉しそうで、心から感謝していると分かる。

対してアディが気後れするようにカリーナを宥めているのは、改めて礼を告げられることが気恥ずかしいのだろう。

そんなアディを見つめ、ベルティナが感慨深そうに吐息を漏らした。

「アディ様はお優しいんですね」

「ええ、そうね……。ずっと従者として仕えていたし、気が利くのよ」

「私とも一曲踊ってくださいましたものね。ほら見てください、カリーナ様ってばあんなに感謝して。……やっぱりアディ様は皆に優しいのね」

嬉しそうに話すベルティナに、メアリが生返事をする。

『アディは優しい』確かにそうだ、それに対しては賛同できる。だけど『アディは皆に優しい』という言葉は聞きなれず、メアリの胸に引っかかった。

なにせ今まで、メアリとアディは常に二人でいた。

『変わり者の令嬢』と『無礼な従者』な二人は同年代の令嬢達と接することは少なく、たまに

その機会があっても二人揃って品良く猫を被り、付かず離れずな距離を取っていた。

アディの屈託のない笑顔は、メアリだけに向けられていたのだ。

アリシアに出会って、友人を得るまでは。

それを考えると、メアリの胸がざわつきだした。

この場から逃げ出したいような、彼等の中に割って入りたいような、言いようの無い息苦しさを覚える。

そんなメアリの息苦しさを後押しするかのように、ベルティナが「アディ様が」と話しだした。アディの名を口にする彼女の声が、今日だけは妙に気に障る。

「アディ様が皆に優しいのなら、メアリ様にだけではないということですよね？」

「……どういうことかしら」

「特に深い意味はありませんのよ？　……でも、アディ様はあんなに楽しそうにアリシア様と話をして、カリーナ様を始めとする皆さんに優しいんですもの。メアリ様、ご自身で思っているほど特別ではないんじゃありません？」

「なっ……！」

ベルティナの言葉にメアリが息を呑む。

だが言い返すより先に、こちらに気付いたアリシアの「メアリ様！」という声が響いた。

彼女がこちらに走り寄り、いつもの調子で抱き着いてくる。それを見て相変わらずだと言いたげな苦笑を浮かべるのはカリーナと……そしてアディ。メアリがじっと見上げれば、錆色の瞳がアリシアからこちらへと向けられる。

「お嬢、お待たせして申し訳ございません」

「……だ、大丈夫よ」

上擦った声でメアリが返せば、異変を感じ取ったのかアディが覗き込んでくる。

だが次の瞬間彼の眉間に皺が寄ったのは、ベルティナが「アディ様の話をしていたんです」と割って入ってきたからだ。ただでさえ苦手なベルティナが、メアリと二人きりで自分の話……となれば、彼が渋い表情を浮かべるのも仕方あるまい。

「俺の話、ですか」

「えぇ、アディ様はとても優しくて親切だって話をしていたんです」

「……俺が優しい？」

「はい。カリーナ様に上着を貸してさしあげたと聞きました。やはりアディ様は慈愛に溢れ、優しい方なのですね」

「慈愛？　俺が？　そんなことありませんよ、俺は……」

言いかけたアディの言葉が、アリシアの「当然です！」という威勢の良い声に遮られる。メアリに抱き着いていたアリシアがパッと離れ、得意そうに胸を張った。

「アディさんはとっても親切で、すっごく優しいんです！」

「アリシアちゃんまで……。俺はそんな善人じゃないよ」

「いいえ、アディさんもメアリ様も親切です。私がこの学園に来たばかりの頃に、とても親身に接してくださったじゃないですか！」

当時のことを思い出しているのか、アリシアが瞳を輝かせながら話し出す。

学園に来た初日に迷っていたところ声を掛けて助けてくれただの、周囲に馴染めず食堂で一人寂しく食べていたところに同席してくれただの……。

アリシアの熱弁に、ベルティナが「やっぱりアディ様は優しいのね」と褒め、カリーナまでもが「さすがですね」と感心している。

そんな二人を横目に、アディが気まずそうな表情でメアリに近付くと、そっと耳元に口を寄せて小声で話しかけてきた。

「どうします、『実は没落を狙って嫌がらせをしていた』なんて言える空気じゃありませんよ」

「……そうね、この際だから認識の相違はさておきましょう」

熱弁するアリシアを止める術はなく、今迂闊に話しかければ再び抱き締められかねない。

だからこそ今はアリシアを放っておこう、そう考えてメアリはそっと両手で己の耳を塞いだ。

熱弁に水を差すことはしないが、聞きたいわけでもないからだ。

それからしばらくアリシアの熱弁が続き、ようやく回収人が来た。言わずもがなパトリックである。

曰くアリシアに用事があり探していたようで、彼女の腕を引くと品良く挨拶して去っていった。見事な回収ぶりであり、その手際の良さに慣れを感じさせる。

それを見て、カリーナとベルティナも去っていった。——ちなみにベルティナは去り際にも高飛車に「良いお話を聞けたから、今日はここまでにしてあげますわ!」と言い放ったが、カリーナが「美味しい紅茶」と呟くと光の速さで逃げていった——

彼女達が去れば、一瞬にして静かになる。メアリがようやく落ち着けると溜息を吐けば、ほぼ同時にアディも溜息を吐いた。思わず二人で顔を見合わせてしまう。

「お嬢、お疲れでしょうしそろそろ帰りましょうか」

「そうね。……ところで、ねぇアディ」

メアリが問いかけ、アディを見上げる。

錆色の瞳が何かと尋ねるようにじっと見つめてくる。いつもメアリを、それこそメアリの自覚がない時も一途に見つめてくれていた瞳。

……だけどその瞳は、今はたくさんの人に向けられている。アリシアと楽しそうに話していた時も、彼は同じように柔らかく瞳を細めていた。自分を見つめる時とどう違うのか……。

それを考えれば、メアリの胸に再び靄が掛かった。胸元をぎゅっと摑めば、アディが案じるように覗き込んでくる。

「お嬢、まさか……」

「ねぇアディ……私、特別よね?」

そうメアリが呟くように尋ねれば、アディが錆色の瞳をパチンと瞬かせた。

次いでメアリの様子を窺うように見つめ、胸元を摑む手にそっと自分の手を重ねてきた。大きな手で包まれる。まるで肌を通して胸の靄を消そうとしているかのようではないか。

「特別……。確かにそうですね、特別です」

「……アディ」

「これほど酷い胃もたれは俺も聞いたことがありません。もしかしたら特別な理由があるのかも。アルバート家の専属医ではなく、専門医をお呼びして診てもらいましょう」

そう手を強く握りながら告げてくるアディに、メアリはじっと彼を見つめた。

特別という言葉が胸に溶け込む。

それだけで心が落ち着き、安堵する。……のだが、今一つ腑に落ちない気もする。

自分の事ながら分からないわ、とメアリが眉間に皺を寄せた。

第五章

「お嬢、またバルテーズ家からのお手紙ですよ」

アディが一通の封筒を差し出してきた。場所はメアリの自室。

紅茶片手に本を読んでいたメアリが顔を上げ、礼を告げると共にそれを受け取った。見れば確かにメアリの名前、見たところ歪みは無く、きちんと名前が記載されている。

だが中身はどうか……とメアリが僅かに期待を抱きつつ、それを悟られまいと表情を固めながら封を開ける。中に収まっているのは紙質の良い手紙。

パーティーの招待状だ。

……そして記載されているメアリの名前が、今度は前回より少し大胆に間違えられている。

これにはメアリもたまらず笑みを浮かべてしまった。

招待状の向こうで「傷ついたでしょう？　泣いても良いんですのよ！」と高飛車にふんぞりかえるベルティナの姿が見える。

「……お嬢、楽しんでますね」

「あら失礼ね。楽しんでなんかいないわ。でもこの小細工が可愛いじゃない」

「今回もまた微妙に間違えてますね。俺だったらドリル……いえ、なんでもありません」

「ドリルで言い止めたらセーフみたいな顔するんじゃないわよ。ドリルの時点でアウトよ」

「ドリル・ドリバード様宛ぐらいは書きますね」

「一回アウトになったからって開きなおるんじゃないわよ。……待って、ドリルだったのは私だけよ！　アルバート家を巻き込まないで！」

きぃきぃとメアリが喚きつつ、それでもと一息吐いて招待状に視線を戻した。

そこに記載されているのは数日後に開かれるバルテーズ家のパーティーについてと、その招待。先日行われたばかりだが、社交界ではパーティーが連続することはそう珍しいものではない。パーティーとは権威の象徴、多いだけ家柄と裕福さを誇示し、招かれる側も招待状の量と多忙さが見栄に繋がるのだ。

とりわけ今はカレリア学園とエレシアナ学園が交換留学を行っており、その間にツテを広げようと考えている者は少なくない。バルテーズ家に限らず他家も同様、この機会をみすみす逃すまいとパーティーや茶会を開いたり、招かれれば喜んで応じている。

今回の招待状もその一環だろう。裏があるとしても、ベルティナの嫌がらせと、迷惑をかけているから詫びたいというルークの気持ちがあるぐらいか。

「呼ばれたからには行かなきゃ駄目よね。ねぇアディ」

「……そうですね。俺はもうベルティナ様とは踊りませんけど」

前回のパーティーの事を思い出しているのか、うんざりとした表情でアディが告げる。それを聞き、メアリがふと胸元に視線をやった。

アディがベルティナをエスコートしているのを見たとき、ひどい胃もたれを覚えた。そもそも元を正せば、この胃もたれは交換留学初日、アディがベルティナに抱き着かれたのを見た時から起こっているのだ。

メアリの胃事情とは無関係といえども、やはり良い気分はしない。あの光景を思い出せばまた胸の内に靄がたまる。

だがアディは既にその話題を続ける気はないのか、先程までの面倒くさそうな表情を切り替えてスケジュール帳を眺めている。パーティーの日取りまでを数えて、悩むように眉間に皺を寄せた。

「ドレスを新調するなら急いだ方が良いかもしれませんね」

「そうね……」

「仕立屋を呼ぶように手配します」

急いで手配せねばと言いたげにアディが扉へと向かう。

その後ろ姿に、自分のもとから去ろうとしている背中に、なぜだかメアリは言いようのない焦燥感を覚え、咄嗟に手を伸ばした。彼の上着の裾をつかみぐいと引っ張れば、アディが驚いた様子で振り返った。

「お嬢、どうしました？」

錆色の髪が揺れる。同色の瞳が丸くなり、いったい何事かとメアリを見つめてくる。

「……な、なんでもないの。そうだ、アディのスーツも揃えたものにしましょう。ほら、前に話していたデザインがあるでしょ。見せつけるように揃えたら、ベルティナさんがきっと睨んでくるわ」

「そうですね。……で、なんで俺の上着を？」

どうして摑んでいるのかと問われ、メアリが慌てて手を離した。

名残惜しいと思ってしまうのは何故だろうか。自分の指先が彼の上着を掠め、それが言いようのない不安を呼ぶ。だがいったい何に対しての不安なのか。

それすらも分からず、メアリがきゅっと自分の胸元を押さえた。

「……お嬢、もしかして」

「アディ、私……」

どうしたのかしら、とメアリがアディを見つめる。

錆色の瞳が案じるように見つめ、彼の手がそっとメアリの肩に置かれた。温かく大きな手だ。優しく肩をさすられれば、メアリの胸の内に湧いた焦りと不安が緩やかに溶かされていく。

「お嬢、大丈夫ですよ。夕飯は軽めにして、医者に薬を出すように伝えておきますから。それに胃もたれに効くという茶葉も入手しました。今夜は寝る前にそれを飲みましょう」

「胃もたれ対策はバッチリなのね。さすがだわ」

アディの胃もたれ対策を聞き、メアリがほっと安堵の息を吐いた。

「アディ、貴方またおかしな招待状を作っていたりしないわよね」

そうメアリが隣を見上げつつ尋ねたのは、件の招待状で招かれたバルテーズ家の夜会。濃紺のドレスは普段より少し胸元の露出を高めにし、薄いショールが夜の雰囲気に合っている。

隣に立つアディもシンプルな濃紺のスーツに身を包み、今日は飾りも控えめにしている。二人並ぶ姿は新婚ながらに落ち着きを感じさせるだろう。そのシンプルさが、胸元にある赤と銀を重ねた二枚の羽飾りを際立たせてくれる。

誰が見ても二人が夫婦だと、仲睦まじいと分かるはずだ。

……もっとも、メアリは睨むようにアディを見つめ、対してアディはこれでもかと言わんばかりに余所を向いている。二人の衣装こそ大人びてはいるものの、行動は相変わらずだ。

「……もう作ったのね」

「い、いえ……まだ配ってはいません！」

「なにまだセーフみたいな雰囲気出してるのよ！　相変わらず仕事が早い男ね！」

誉めているのか貶しているのか分からない暴言を吐きつつ、メアリがサッとアディの上着をめくる。そうして胸元にしまわれていた二通の招待状をかすめ取った。

一通はこの夜会の招待状だ。……もう一通は。

『ドリル・ドリバード様宛　ドリル蘇生会のお誘い』

　これである。今回もまたレタリングは洒落ており、紙にも拘っているのが分かる。文面さえ見なければ一等の招待状だ。

「またこんなの作って……待って、蘇生!?　いったい何をしようとしているの!?」

「だ、大丈夫です。ただちょっと給仕仲間で飲み会をするだけです。冗談でこんな文面にしただけですから」

「そうなのね。良かった、平和な飲み会なのね」

　それなら問題ないわ、とメアリが招待状をアディに返す。――たとえ冗談といえども、この無礼極まりない言動を「平和な飲み会なら良かった」で済ませていいのだろうか――

　だがあいにくと今のメアリはそれに気付かず、アディが小さく安堵の息を吐いた。そそくさと招待状もしまってしまう。これで招待状の件は不問である。

「ところでお嬢、今夜はアリシアちゃん達も来てるんでしょうか？」

　そう話しつつアディが周囲を見回す。

　メアリも警戒するように周囲を窺い、アリシアの姿を探しはじめた。「はい！」と元気のよい声が背後から聞こえてきたが、振り返らずに二人で探し続ける。

「どうせあっちも呼ばれてるんじゃない？　また騒がれるのは厄介だから、さっさと挨拶を済ませて今夜は帰りましょう」

「えぇ、メアリ様すぐに帰っちゃうんですか？」

「そうですね。お嬢の胃もたれも酷いようですし」

「うふふ、そうですね。メアリ様はゆっくりしないといけませんものね」

「あの子に騒がれると疲れがたまるわ。……ところで、アディ」

ねぇ、とメアリが背後を振り返ることなくアディを呼ぶ。彼もまた背後を振り返らず、それでもメアリの言わんとしていることを察して、小さく頷いて返してきた。二人共前方だけを見て、前方だけを探しつつ。頑なに背後を見ようとはせず。

だがそれも限界を感じ、二人揃えたように溜息を吐いた。

……そろそろ認めなくちゃ、と。

そうしてゆっくりと同じタイミングで振り返れば、そこに居るのは……言わずもがなアリシアである。

水色のドレスは金糸の髪をより美しく見せ、二人の視線が自分に向いたと気付くとにっこりと笑んで品良く挨拶をした。

「メアリ様、アディさん、こんばんは！」

「なんで居るのよ、いつから居るのよ！　さり気なく会話に入ってくるんじゃないわよ！」

まるで昼間の太陽のような明るい笑顔を見せるアリシアに、メアリがきぃきぃと喚く。だが今更メアリが喚いたところで効果などあるわけがない。

そんな二人のやりとりに、アディが溜息を吐いた。

「こんばんはアリシアちゃん、お嬢に抱き着かないなんて珍しいね」

「メアリ様にですか？　んふふ、だって今のメアリ様はお体を大事にしなきゃいけない時期じゃないですか。あ、冷やしても駄目ですよ！」

「何よ、わけの分からないことを……やめ、やめて！　ストールをお腹に巻かないでよ！　田舎娘のストールを巻いたら田舎臭さが移るでしょ！」

満面の笑みでアリシアがメアリの腹部にストールを巻けば、それをメアリが喚きながら解いていく。だがそのそばから再び巻き始めて……と決着がつきそうにない。

いったい自分のお腹をどうして温めようとしてくるのか、疑問と苛立ちを露わにメアリが睨みつけるも、いまだアリシアの手は止まらない。それどころか含み笑いのままメアリのお腹をさすってきた。

「胃もたれを案じてるならもう少し上よ」

「えへへ、そうですねぇ」

ツンとすましてメアリがアリシアのもとから離れ、アディの腕に抱き着く。

「気持ちの悪い子」

「アディ、こんな田舎娘放っておきましょう」

そう促しつつ、軽く彼の腕を引っ張って歩き出そうとする。

だがアディはそれに倣うことなく立ち止まったままだ。いったいどうしたのかとメアリが見上げれば、彼は何故かひきつった笑みを浮かべて遠くを見つめている。

彼の視線の向かう先、そこに居たのはこちらに駆け寄ってくるベルティナ。彼女は錆色の豪華なドレスを纏い、同色のリボンを揺らし、嬉しそうにこちらに手を上げて駆け寄ってくる。

……錆色のドレス。錆色のリボン。

それが何を、誰を意識しているのかなど、この状況で考えなくても分かる。とりわけ彼女の後方でこちらに歩いてくるルークが、彼女とはまったく似通っていない灰色のスーツを着ているのだからなおのこと。

二人は婚約関係だというのに飾りも何も揃いのものはなく、ベルティナは自身のあちこちに錆色を飾っている。

これにはメアリも眉間に皺を寄せ「随分と分かりやすいことをするじゃない」と呟いた。

「皆様ご機嫌よう。アディ様、本日はお越し頂きありがとうございます」

「……いえ、こちらこそお招きありがとうございます」

「ベルティナさん、素敵なドレスね」

アディの方ばかり見つめているベルティナに、メアリが引きつった笑みながら賛辞を告げる。

それに対してベルティナは優雅に微笑み、まるで見せつけるようにドレスの裾を揺らした。

錆色の布が揺れる。今夜のために手配した布だという。遠くから取り寄せたというだけあり見ただけで上質と分かる布で、ふわりと揺れる様は色濃く美しい。……まるでアディの髪のようではないか。

「お褒めに与かり光栄です。私この色が一番好きなんです。それに、私に一番似合いますでしょう？」

ねぇ、とベルティナが同意を求める。……アディに。

これほどまで露骨な態度があるだろうか。ベルティナの言わんとしていることを察し、アディが引きつった表情を浮かべている。

「そう……ですね。お似合いですよ」

上擦った声で紡がれる彼の返事は、誰が聞いたって社交辞令だと分かるだろう。

だがベルティナには社交辞令でも十分だったのか、それとも社交辞令とは気付いていないのか、「そうですよね！」と嬉しそうに声をあげると彼の腕に抱き着いた。

……アディの腕に。

「ベルティナ様、離れてください」

「まぁ、ごめんなさい。私アディ様に褒めて頂いて嬉しくて……」

咄嗟に抱き着いてしまったと詫びてベルティナが慌てて離れる。だが離れたは良いものの、先程よりもアディに近い。隙あらば再び触れそうな距離だ。

それはアディも察しているのか、困ったと眉間に皺を寄せている。だが謝られればこれ以上咎めるわけにもいかずに「お気をつけてください」とだけ返した。

きっと白旗をあげたい気分なのだろう。いい加減にしてくれ……と、そんな彼の訴えが聞こえてきそうだ。

メアリが目も当てられないと溜息を吐き、ベルティナを咎めようとした。だがそれより先に動いたのは、メアリを庇うように目の前に立ったアリシアだ。

メアリの目の前で、ふわりと金糸の髪が揺れる。

「何をしているんですか」

という声は、彼女らしくなく怒りを含み厳しく響く。

「許可なく人に抱き着くなんて、失礼とは思わないんですか」

「ねぇアディ、鏡を持ってない？　この田舎娘に突きつけてやりたいの」

「それに、メアリ様とアディさんは夫婦なんです。邪魔なんて私が許しません」

「あんたは私のどのポジションのつもりなの」

敵意とさえ言える口調でアリシアがベルティナを咎める。――メアリの逐一の横やりは全てスルーされてしまったのだが、これもまた今更な話だ――

だが今気にすべきはアリシアではない。そう考えてメアリがベルティナに向き直ろうとする。

だがメアリが声を掛けるより先に、ベルティナが口を開いた。

「アディ様は嫌がってなんかいませんよ。先日も私と踊ってくださいましたし」

「それはアディさんが優しいからです。だからベルティナさんと踊ってあげただけです」

「そうですね、アディ様は皆に優しいんですものね。素敵。それなら、また私と踊ってくださいますでしょう？」

ねえ、とベルティナがアディに強請る。

それに対してアディが断ろうと口を開くが、それより先にアリシアの「駄目です！」という声が響いた。ベルティナの態度がよっぽど頭にきているのか、今のアリシアは周囲の言葉も耳に入っていないようだ。

だがベルティナも負けてはおらず、アリシアをきつく睨み付けた。

「私、今アディ様に聞いたんです。アリシア様が返事をするのはおかしくありませんか？」

「アディさんの優しさに付け込んで困らせるなんて許せません！」

「失礼ですが、いくら王女とはいえアリシア様は関係ないんじゃありませんか？　むしろ一国の王女が特定の家に肩入れするのは好ましくないと思いますよ」

「関係ありません。私は王女である前に、メアリ様とアディさんの事が大好きなんですから！」

はっきりと告げるアリシアの言葉に、メアリがピクリと肩を揺らした。

アディの事が大好きだと、そうアリシアが言った。その前にメアリの名も口にしており、それはもちろんメアリの耳に届いている。……届いているが、頭に入ってこない。

頭の中では彼女の言葉が「アディさんの事が大好きなんですから！」という部分だけ切り取られて繰り返される。なんて悪意のある切り取りだろうか。そもそも、アリシアは自分とアディのために言い争ってくれているのだ。

それは分かっている。感謝すべきだとも思う。

だけど焦燥感が増していき、メアリの胸にまた靄が掛かる。

なんでこんな時に……と胸元を押さえるが、今夜は一段と酷いのか、鼓動すら速まってきた。

「アリシア様、一国の王女である貴女が個人的に殿方を好きだなんて。そんなことを簡単に言ってしまっては、誤解を生みますよ」

「簡単になんて言いません。メアリ様とアディさんは特別なんです！」

「特別……。それなら、私にだってアディ様は特別ですの！」

ベルティナがアディの腕を掴む。自分のものだと訴える子供のような彼女の行動に中てられたのか、アリシアもまた挑むようにアディの片腕を取った。

二人の令嬢に腕を取られるアディは、まるで子供に取り合われるぬいぐるみのようではないか。とうてい色恋沙汰めいたものは感じられない。なにより、取り合われているアディがうんざりしたような表情なのだ。「落ち着いて」と諌める声色には疲労しか感じられない。

その光景に、メアリが助け船を出そうとする。だが伸ばしかけた手を止めたのは、両腕を取られたアディのどこに触れて良いのか分からなくなったからだ。ベルティナとアリシアに押されて、いつの間にかアディとの距離も空いている。隣に居たはずなのに。

二人に取られそう、そんな馬鹿げた考えがメアリの中に浮かんだ。

それと同時に脳裏に過ぎるのが、先日見たアディとアリシアが楽しく談笑する光景。アディが穏やかに笑ってアリシアと話をしていた。錆色の瞳を柔らかく細めた、彼の心からの笑み。

今まで自分にだけ向けられていた、自分にだけ見せてくれていた表情。それを遠目から見せられた、あの時の焦燥感が胸を占める。

「な、なにが特別よ……」

「メアリ様？」

「特別だの好きだの優しいだの、勝手なこと言うんじゃないわよ！　分かったような口きかないで！　邪魔しないで、みんな邪魔なのよ！」

咄嗟にメアリが声を荒らげる。

次の瞬間、先程までの言い争いが嘘のように周囲がシンと静まり返った。いや、会場の音楽や雑談の声は聞こえてくるが、まるで別世界の音のようで耳に入ってこない。

唯一、アディの「……お嬢？」という小さな声だけが耳に届き、メアリは息を吞んだ。慌てて口を押さえる。今自分は何と言った？

普段とは違う声色のメアリの怒声に、アリシアが目を丸くさせている。その表情に謝罪をしなければと口を開きかけ……そしていまだ彼女の手がアディの腕を摑んでいることで、出かけた言葉を飲み込んだ。謝罪の言葉が、再び暴言に変わりそうな気がする。

「お嬢、どうしました……？」

「だ、大丈夫よ、なんでもないの。どうしたのかしら、私、突然声を荒らげて……。ちょっと、一人になって落ち着きたいわ……」

そう言い残し、メアリは踵を返すと共に駆けだした。

自分を呼ぶアディの声がする、それにアリシアの声も。だがそれが耳に届いてもメアリの足は止まらず、胸に渦巻く焦燥感に急かされ逃げるようにバルテーズ家の庭園へと駆けた。

パーティー会場の明かりから逃げ、メアリは一人バルテーズ家の庭園を歩いていた。夜風が

美しい庭園に吹き抜けて花々を揺らすが、今はそれに見入っている余裕は無い。

そんな中、一脚の椅子が置かれているのを見つけて足を止めた。

庭師が片し忘れたか、もしくは存在さえ忘れられたのか、古びて汚れた椅子は令嬢が座るようなものではない。それでもと椅子に付いた汚れを軽く手で払い、そっと腰かけた。

キィ……と音がする。この音は椅子の軋みか、それとも靄が掛かる胸の悲鳴か……。

そんな自分らしからぬことを考え、メアリは深い溜息を吐き……ポタと手の甲に落ちた水滴に瞳を丸くさせた。

「……よだれ!?」

まさか！　と己の口元を慌てて拭う。

だが口元は濡れてはおらず、頬に触れる手にまた一滴水滴が落ちる。そこでようやくメアリは己の頬に、そして目元に触れた。

……泣いている。だけどなぜ泣いているのか。

だが疑問はそれだけではない。アリシアに対してあれほど怒鳴りつけてしまったのは何故か、どうしてここまで胃もたれが酷いのか、この焦燥感は何なのか……。疑問だらけだ。

ままならない感情に溜息が漏れる。戻らなくてはと立ち上がろうとし……そしてこちらに駆けてくる足音を聞き、銀糸の髪を揺らして振り返った。誰か来る。

「……アディ？」

まだ影すらも見えていないのに伴侶の名前が口をついて出た。

だが足音と共に姿を現したのは、錆色の髪……ではなく、藍色の青年。パトリックだ。
彼は周囲を見回し、メアリの姿を見つけると安堵したように表情を緩めて歩み寄ってきた。少し息が上がっているのは、きっとメアリを探して庭園を駆け回ったからだろう。

……アディじゃないのね、とメアリが心の中で呟いた。

ならばアディは今どこにいるのだろうか。誰と居るのだろうか……。そう考えれば胸が痛み、拭ったはずの視界が揺らぐ。

「……パトリック」

「メアリ、大丈夫か？」

「これが大丈夫そうに見えるなら、医者に診てもらった方が良いわね」

「大丈夫そうだな」

良かった、と勝手に結論付けてパトリックが向かいに立つ。

なんて酷いのだろうか。もっとも、「大丈夫」と結論付けてはいるものの、パトリックは上着からハンカチを取り出すと差し出してくれた。

「アリシアを追いかけたら、ベルティナ嬢と言い合っていて驚いたよ。止めに入ろうとしたらメアリが駆け出していくし……」

「それで追いかけてきてくれたのね」

借りたハンカチで目元を拭いながら問えば、パトリックが頷いて返す。

次いで、メアリが立ち去った直後アディが追いかけようとしていたと教えてくれた。その話にメアリが小さく安堵の息を吐くのは、あの場でアディが自分を優先しようとしていたと分かったからだ。

良かった……、と小さく呟く。だが安堵と同時に湧くのが、ならば何故ここに彼が居ないのかという疑問。メアリの表情からそれを察したのか、パトリックが肩を竦めつつ自分が止めたのだと告げてきた。

「メアリは俺が追うから、お前はここで片をつけろと言っておいた」

「……そうなのね、ありがとうパトリック」

「世話の焼ける友人を持つと苦労するよ」

溜息交じりに話すパトリックに、メアリが苦笑を浮かべた。

次いでツンと澄まして「そうね」と返し……、

「私も、騒がしくて世話の焼ける落ち着きのない友人を持っているから、気持ちが分かるわ」

と続けた。

もちろんアリシアの事であり、パトリックが察してそっぽを向いた。

「お互い様ってことにしてくれ」という控えめな譲歩提案をみるに、伴侶であるアリシアの落ち着きの無さと世話になっているのは自覚しているようだ。普段のメアリならば「どこがお互い様よ！」と喚いてやるところだが、今夜だけは苦笑で許してやる。

彼と話をすることで、アディが自分を追いかけようとしてくれたと分かり、心は随分と楽になった。……だがそれでも靄は残り溜息に変わる。

苦しさを訴えるようなメアリの溜息に、パトリックが心配そうにこちらを見つめてきた。

「大丈夫、ただちょっと苦しいだけ……」

「そうか……」

「胃もたれも困ったものね」

靄が渦巻く胸元を擦りながらメアリが苦笑すれば、パトリックも眉尻を下げて案じるように笑った。

「胃もたれか……。でも今夜ぐらいは正直に話してもいいんじゃないか？」

「何を？」

「だから、君を悩ましている胃もたれの正体さ」

そうパトリックに促され、メアリは自分の胸元に視線をやった。

靄が渦巻き、息苦しさすら覚える。今すぐに立ち上がってどこかへ行ってしまいたいと焦燥感が湧くが、その反面どこに行けばいいのか分からない。胃が重くなったようにさえ感じる。

この胃もたれの正体……とメアリが小さく呟けば、パトリックが諭すような声色でメアリを呼んだ。

「メアリ、人に相談しにくいのは分かる。俺も同じだ」

「そうね、確かに人にはあまり話せないわ……」

メアリがきゅっと胸元を摑めば、その息苦しさに共感したのかパトリックが小さく息を吐く。

「嫉妬なんて、軽々しく人に相談できるものじゃないよな」

「食べ過ぎて胃もたれなんて、恥ずかしくて言えないわね」

二人が揃えたように話し……そして二人揃って「ん？」と顔を見合わせた。

メアリの瞳が丸くなる。だがそれよりも目を丸くさせているのはパトリックだ。

「……胃もたれ？」

「そうよ。渡り鳥丼とコロッケの食べ過ぎなの。令嬢として食べ過ぎて胃もたれなんて恥ずかしいわ。それよりパトリック、嫉妬って何の話？　誰が誰に？」

「待ってくれ、胃もたれって……本気で言っているのか？」

「そうよ、胃もたれ、胃がもたれることよ。ところで嫉妬の話なんだけど、どういうこと？」

頭上に疑問符を浮かべてメアリが問えば、パトリックが盛大な溜息を吐いた。メアリの頭上の疑問符さえも吹き飛ばしかねない溜息である。

おまけに額を押さえだすのだ。これにはメアリも居心地の悪さを覚えてしまう。

もしかして私に関することなのかしら……？　と、以前にアディに噛まれた首筋を擦りながら考える。

「パトリック、もしかしてその嫉妬っていうのは私が関与しているの？」

「君ってやつは……。いや、だけどそうだな、君は初恋も何もかも全部結婚してから気付いたんだもんな。仕方ない……ということにしておこう」

「しておいてちょうだい。それで、ねぇパトリック、私が嫉妬ってどういうことなの？」

メアリが説明を求めれば、パトリックが呆れたと言わんばかりの表情ながらに小さく笑みを零した。

誰もが焦がれる王子様の、王子様らしくない笑み。だがメアリには見慣れた表情だ。

「メアリ、君はアディの周りにいる女性達に嫉妬しているんだ。その胸の痛みや苦しさは嫉妬しているから。……胃もたれじゃない、絶対に、断じて、誓ってもいい。胃もたれじゃない」

「胃もたれの可能性を全否定してくるわね……。でも嫉妬って、だって私はアディと結婚しているのよ。それに彼はちゃんと私を好きでいてくれているわ」

照れることも恥じらうこともなくメアリが断言する。

だが事実、アディは結婚する前と変わらず自分に尽くし、愛してくれているのだ。彼の中で自分は特別、愛されている、そう胸を張って言える。

婚約しているが心は別の人にある、そう嫉妬を交えて訴えていたルークとは違う。

だからこそ嫉妬する必要がないとメアリが話せば、パトリックが小さく首を横に振った。そうじゃない、という彼の言葉は、どこか懐かしんでいるように聞こえる。

「たとえ結婚していても、相手の気持ちが自分に向いていると分かっていても、それでも嫉妬するんだよ」

「そういうものなの？」

「あぁ……。ところで、少し俺の話をしても良いかな」

近場の木に背を預け、パトリックが話の許可を求める。

サァと吹き抜けた風に乱れた髪を搔き上げる姿は、麗しいながらに男らしさを感じさせる。

夜の暗さがより彼の髪と瞳の色を濃くさせ、女性ならば誰もが胸を高鳴らせただろう。……メアリは相変わらず胸の高鳴り一つ覚えないが。

「実をいうと、俺も嫉妬していたんだ。……いや、ずっと前から、いつも嫉妬している」

「パトリック、貴方が？」

そんなまさか、とメアリが彼に視線を向ける。

パトリックは品行方正、文武両道、誰もが焦がれる男だ。女性ならば彼にエスコートされたいと願い、男性ならば彼のようになりたいと願う。そんな憧れの象徴。

彼との婚約を破棄しアディと結婚したメアリだって、恋心を抜きにすればパトリックより勝る男はいないと断言できる。王女アリシアと結婚する前から、彼は社交界の王子様だったのだ。

そんなパトリックが……とメアリが呟く。だがパトリックに嘘をついている様子は無く、ならばとメアリが「誰に？」と尋ねた。嫉妬は一人では出来ない。

そうして次の瞬間にパチンと目を瞬かせたのは、パトリックがはっきりと「君だよ」と告げてきたからだ。この場にはメアリとパトリックしかいない。……つまり。

「……私？　どうしてパトリックが私に嫉妬するの？」

「アリシアはいつも君を見つけると駆け出すだろ」

「あのスピードは駆け出すという表現じゃ生ぬるい気がするけど、さておいてあげる。それで？」

「だから君に嫉妬するんだ。メアリに駆け寄るアリシアを見るたびに、俺の隣に居てくれても良いのに、俺よりメアリが良いのか……って」

話し出したは良いが己の胸の内を吐露するのが恥ずかしくなったのか、パトリックの頬が赤くなり、ついには他所を向いてしまった。

見つめられるのが辛いのだろう。それでもメアリは彼をじっと見つめ、譫言のように「そうだったのね……」と呟いた。

アリシアがメアリを見つけてタックルもとい抱き着いてくる時、決まってパトリックは穏やかに追いかけてくる。時には楽しそうに笑いながら、時にはアリシアを優しく咎めながら。その表情にも足取りにも、困ったものだと言いたげだが嫉妬の色は今まで見られなかった。

それを告げれば、他所を向いたままパトリックが「隠していたんだ」と答えた。普段の涼やかな声色とは違う、どこか拗ねたような声は彼らしくない。

「アリシアのメアリとアディに対する感情はあくまで友情だと、恋愛としてなら俺を想ってくれているのも分かっている。……それでも嫉妬してしまうんだ」

照れ臭そうに言い切り、パトリックが一度雑に頭を掻いた。

藍色の瞳がメアリを見つめてくる。錆色ではない、藍色。どれだけ見つめられてもメアリの胸は高鳴らないが、締め付ける胸を穏やかに宥めてくれる。

「アリシアに出会って、初めてたった一人に固執した。どうしようもないほど嫉妬して、自分の独占欲に気付いた。結局のところ俺もただの男なんだって思い知ったよ」

「ただの？　そんな、パトリックがただの男だなんて」

「周りが色々と言ってくるだけだ。俺も結局はただの男で……メアリ、君も同じだ」

「私も？」

パトリックの言葉に、メアリは己の胸元に視線を落とした。

『周囲から色々と言われても、ただの男だ』と、そうパトリックが教えてくれた。ならば自分も、アルバート家の令嬢だの変わりものだのと言われても、結局はただの伴侶を愛する女ということか。

人並みに独占欲を拗らせて、抑えの利かない嫉妬を抱く。

そういうものかと己に言い聞かせた瞬間、メアリの中で渦巻いていた靄がストンと心の中に落とし込まれた。まるで行き場が無くさまよっていた感情が『嫉妬』と振り分ける先が決まったかのように、形になりゆるやかに収束していく。

これが受け止めるという事なのか、そう考えて深く息を吐く。

「そうね……。そうだわ、私も嫉妬していたの。私の周りに人が増えて、アディの周りにも人が増えて……。アディの近くに私以外の誰かがいるのが嫌だった。私以外の人がアディを語るのが嫌だった。彼の瞳が私以外を見つめるのが許せなかったの」

胸の内の嫉妬という靄を訴えれば、パトリックが苦笑を浮かべて頷いて返してきた。

次いで片手を差し出してくる。

「その言葉、俺じゃなくてアディに直接言ってやると良い」

戻ろうという事なのだろう、メアリも頷いて彼の手に己の手を重ねる。

軽く引かれ、促されるまま立ち上がった。キィ……と響く音は椅子の軋みだ。今はハッキリと分かる。

「今までメアリのことは何度もエスコートしてきたが、俺は今はじめて心から君をエスコートしたいと思ったよ」

今更だと苦笑するパトリックに、メアリはじっと彼を見上げた。

自分を見つめてくる藍色の瞳からは、恋愛めいた熱意は感じられない。彼は自分が誰といようと、誰を見つめていようと、嫉妬など一切しないのだ。

なにより、このエスコートはメアリをアディのもとに連れて行くためのもの。この手が連れて行ってくれる。

そう考え、メアリはきゅっと彼の手を握った。離さないでくれと願う。……今は、だが。

「パトリック、私も今はじめて貴方にエスコートされたいって思ったわ」

今更ね、とメアリが同じように笑って告げれば、パトリックが頷いてゆっくりと歩き出した。


会場内は緩やかな音楽が流れ、あちこちで談笑が起きている。

そんな中で小さな人だかりを見つけ、メアリはパトリックにエスコートされるままそちらへと向かった。

遠巻きに輪を作っているのはベルティナの取り巻き達だ。彼女達はメアリに気付くと、気まずいと表情を渋めながらそっと道を譲った。

その先にいるのは……アディ。こちらに背を向けており、まだメアリ達には気付いていない。

「……アディ」

メアリが彼のもとへと駆け寄ろうとする。だがすぐさま足を止めたのは、アディの向かいにベルティナの姿を見つけたからだ。

二人が向かい合っている。彼の錆色の瞳はベルティナに向けられている。

そう考えればメアリの胸の内がざわつきだした。嫉妬だ。それが嫉妬だと分かったからこそ、アディに声を掛けようと考える。

名前を呼べば彼はこちらを向いてくれる、そうすれば胸の靄も消えるはず。

だがメアリが声を掛けるより先に、「俺が……」とアディの声が聞こえた。

「俺が周りに優しいのは、周りがお嬢に優しいからです。そうじゃなければ俺は誰にも優しくなんかしない。ベルティナ様、貴女の手を取ってダンスを踊ったのも、お嬢がそれを許して、そうするように告げてきたからです」

はっきりと告げるアディの声は随分と冷ややかで淡々としている。相手を気遣うこと無く、ただ事実だけを突きつけようとしている。メアリが今まで聞いたことのない声だ。

どんな顔でこんな冷ややかに言い放っているのか……。そんな疑問が浮かぶが、メアリには想像出来ずにいた。たとえ今目の前にあるのが背中だとしても、アディの顔ならば直ぐに思い描けるのに。

だが思い描けるのは、いつも彼が見せる表情だけだ。困ったような苦笑、たまに見せる従者らしい真剣な表情、そして愛おしそうに自分を見つめてくれる柔らかな笑み。

どれだけ記憶をひっくり返しても、こんな冷ややかに誰かを拒絶するように言い放つアディの表情は覚えがない。

そんなアディの拒絶もベルティナには伝わっていないのか、もしくは伝わっているからこそ意地になっているのか、ベルティナがアディの話を遮るように「それでも！」と声をあげた。

彼女もメアリ達に気付いていないのか、必死な表情でアディを見上げている。

眉尻を下げ、随分と切なそうだ。普段のアディならば、気遣い優しい声色で宥めてやりそうな表情である。

「ですがアディ様、私はずっと前からアディ様のことを……」

「貴女が俺を想っていようが、関係ありません。ずっと昔から、俺と出会う前から俺の事を好きだとしても、俺が好きなのはお嬢ただ一人です」

「そんな……」

「俺は、今まで俺と共に生きて、これからも共に生きると誓ってくれた、俺の知るメアリ・アルバート様を愛しているんです」

はっきりと告げるアディの言葉に、ベルティナが言い淀み……そして耐えられないと言いたげに踵を返すと走り去っていった。

今まで何度も見た高飛車な敗走とは違う。傷ついて、この場に居ることが辛くて、そしてもうどうにも足掻けないと悟ったうえで逃げだしたのだ。

今回ばかりは取り巻き達も追いかけていいのか判断に迷っているようで、慌てた後に一人また一人と去っていった。彼女達はベルティナを追いかけるのか、ルークや彼女の身内を呼びに行くのか、それともドラ学メアリの取り巻き達のようにこれ幸いとベルティナを見限るのか。

それはメアリの与かり知らぬところだ。もちろんメアリは彼女を追いかけたりはしない。

「……ねぇ、アディ」

メアリが呟くように呼べば、アディが振り返った。その表情はメアリの突然の呼びかけに驚いたと言いたげで、次いで安堵の色を浮かべる。

「参ったな……。いつから聞いていたんですか」

照れ臭そうにはにかむ表情は、メアリが見慣れたいつもの表情だ。

アディがこちらに歩みよってくれば「俺のエスコートはここまでだ」とパトリックがメアリから離れていく。それに対してメアリが感謝の言葉を告げようとした。

だが開いた口から言葉が発せずに終わったのは、パトリックが離したばかりのメアリの手を、離れた矢先に別の手が掴んできたからだ。節の太い大きな手、少し熱のあるその手が、まるで自分のものだと言いたげに包むように掴んでくる。

そのままそっと引かれれば、メアリの視線が促されるように己の手を追った。

男らしい手に掴まれた自分の手が、ゆっくりと誘われるように引かれていく。そうして指先に触れるのはアディの唇。指先に、手の甲にとキスをされ、メアリの頬が次第に熱くなった。

去っていったベルティナのことも、それどころかここまでエスコートしてくれたパトリックへの感謝さえも、指先から伝わる熱に溶かされて消え去ってしまう。

「追いかけず申し訳ありませんでした」

「いいのよ、パトリックが来てくれたもの」

だから大丈夫とメアリがアディを宥める。

だがこの言葉はアディにとっては宥めにはならなかったようで、少し不満そうに眉間に皺を寄せてしまった。

「俺以外の男にエスコートされて、大丈夫なんて言わないでください」

という彼の訴えをみるに、きっと嫉妬してしまったのだろう。

拗ねた表情が愛おしく、メアリは小さく笑みを零した。

「訂正するわ。パトリックで我慢してあげたの」

「その台詞、他のご令嬢に聞かれたら恨みを買って刺されかねませんよ」

「そうね。でも仕方ないじゃない、アディじゃないと私は満足しないわ」

さも当然のことだと言いたげにメアリが告げれば、アディが嬉しそうに笑った。追わなかったことを改めて詫びてくるが、その口調も声もどこか浮ついており、メアリの手の甲に再びキスが落とされる。

どうやら彼の中の嫉妬は収まってくれたようだ。

礼を言うべきパトリック相手に妬いたかと思えば、メアリの簡単な言葉であっさりと収まってしまう。なんて嫉妬とは身勝手なのだろうか。こんな身勝手な感情が自分の胸にもあったのだから、振り回されるのも仕方ない。

「あのねアディ、私さっきまで胸が痛かったの」

「胃もたれですか？　すぐに医者を呼びましょう」

「違うの、胃もたれじゃなかったのよ」

ようやく分かったわ、とメアリがアディの手を両手で握り返す。――ちなみに、このときメアリ達を見守っていたパトリックが「胃もたれはアディが言い出したのか……」と呆れを込めて溜息を吐いた。だが何かを察したアリシアに腕を擦られればすぐさま表情を緩め、彼女の手を取るとこの場から離れていった――

そんな外野の事にも、それどころかいつの間にか外野が一人も居なくなった事にも気付かず、メアリはアディの手をそっと自分の頬へと寄せた。強請るように擦り寄れば、察した彼の手が優しく頬を包んでくる。

親指の腹で目尻を撫でるのは、涙の跡を見つけたからだろうか。

「あのねアディ、私……嫉妬してたの」

「お嬢が嫉妬ですか？　誰に？　なんで？」

疑問符を浮かびあがらせそうなアディに問われ、メアリが肩を竦めた。

人の気持ちも知らないで……と、そんな恨み言が喉まで出かかる。なるほど、これは嚙んでやりたい気分だ。

「私が嫉妬するなんて、アディに関すること以外に無いでしょう」

「……俺？」

「そうよ。アディが皆に優しいから嫉妬したの。私以外の女性が貴方に触れるのが嫌だったの。私だけを見つめて欲しかったの。でももう大丈夫よ、アディが皆に優しいのは、皆が私に優しいからだものね。全て私のためだわ」

そう話しつつメアリがアディの手に頬を擦り寄せ、その心地よさに瞳を細めた。

アディが他の女性達に優しく親切にするのは、彼女達がメアリに優しく親切にしてくれるからだ。それを見て嫉妬していた……なんて単純な事なのだろうか。

今になって思えば笑ってしまいそうだ、そう考えてメアリが酔いしれるように目を開けて窺えば……、

「お嬢が嫉妬……俺のために……？」

と、錆色に負けぬほど真っ赤になったアディの顔があった。

「アディ、貴方ってばなんて顔してるの？」

「だって、お嬢が……俺のためになんて……。俺はずっと嫉妬してたけど……だから、嫉妬するのは俺の方で……」

しどろもどろにアディが訴える。

長くメアリだけを想い、身分の差ゆえに諦めかけ、それでも諦められずに一途に想い、そして敵わない男に嫉妬し続けたアディにとって『メアリが自分のために嫉妬する』なんて夢にも

思わなかったのだろう。

喜んで良いのかどうすれば良いのか分からない、むしろ未だ実感しきれていないと言いたげな彼に、メアリがクスと小さく笑みを溢した。

「あら、知らないの？　誰だって、アルバート家の令嬢だって嫉妬するのよ」

まるで前から知っていた事を教えてやるかのようにメアリが得意気に説明する。

それに対してアディが錆色の瞳をぱちんと一度瞬かせ、穏やかに微笑んだ。メアリの頬に添えていた手をするりと滑らせ、そっと肩に触れてくる。

「嫉妬なんてさせて申し訳ありませんでした」

「まったくだわ。誰よ胃もたれなんて言い出したのは。やぶ医者よ」

「その点に関しても誠に申し訳ありませんでした。廃業します」

誤診を謝罪し看板を下ろすアディに、メアリが笑みを強める。

彼の胸元に額を寄せるのは、言葉でこそ責めてはいるが怒ってはいないというアピールだ。察して、アディが強く抱きしめてくる。

「誓います。もう二度と嫉妬なんてさせません。貴女だけを見つめます」

「私もアディだけを見つめるわ。そもそも愛し合ってるのに嫉妬なんて時間の無駄よね。嫉妬してる暇があるなら、さっさと解消して二人で過ごした方が時間の有効活用だわ」

きっぱりと言い切るメアリに、アディが小さく「有効活用……」と呟いた。だが改めて問わないのは、メアリが再びアディの胸元に額を寄せたからだ。

「有効活用よ」とメアリが訴えると、アディの腕がメアリの腰に回される。

強く抱きしめられ、彼の手が銀糸の髪に触れる。

時に指に絡ませ、滑らせ……その心地よさに、メアリはアディの腕の中でゆっくりと瞳を閉じた。あれほど胸を占めていた嫉妬心はもう無く、今は愛おしさだけが胸に満ちている。

第六章

「私ね、皆さんに嫉妬していたの」

そうメアリが素直に胸の内を告げたのは、あのパーティーから数日後。

交換留学もいよいよ明日で終わりとなり、ならばとアルバート家の庭園で茶会を開くことにしたのだ。友人達だけでの送別会は、学園で行われたものよりも小規模だが温かみがある。

そんな中でのメアリの発言に、居合わせた者達が意外そうな表情で視線を向けてきた。

「メアリ様が、私達に嫉妬？」

とは、優雅な所作で紅茶を飲みつつ足置きの話をしてこの場を凍り付かせていたカリーナ。

彼女の隣に座っていたマーガレットも、揃えたように目を丸くさせている。

「メアリ様が私達にって……何故ですか？」

「アディが皆に優しくして、仲良くしてるところを見て嫉妬していたの。……恥ずかしいわ」

「まぁ、そうだったんですね。メアリ様が私達に嫉妬だなんて、気分が良い……いえ、お困りでしたでしょう」

「マーガレットさん、いっそ言い切ってちょうだい」

「あのアルバート家の令嬢であるメアリ様に嫉妬されるなんて、これはなんとも気分が良い。令嬢冥利に尽きますね！」

「オブラートに包んでもう一度」

「メアリ様の繊細なお気持ちに寄り添えず、申し訳ありませんでした……」

「本音は？」

「もう少し嫉妬してくださっても構いませんよ。嫉妬は女を美しくしますからね」

ホホホ……と高らかに笑うマーガレットに、メアリが相変わらずだと肩を竦めた。嫉妬をされて女が美しくなるというのなら、彼女はきっと『アルバート家の令嬢からの嫉妬』という特上の嫉妬を糧にバーナードを落としに掛かるのだろう。

野心だ、燃え上がる野心には嫉妬さえも燃料にしかならない。

そんなマーガレットの相変わらずさに、カリーナも楽しそうに笑っている。彼女にもメアリに嫉妬されていた事を気にしている様子はない。

片や茶化し、片やそれを笑う。なんとも彼女達らしい反応ではないか。「気にしないで」と、そう二人の表情が告げてくる。

対して「メアリ様ぁ……」と涙声で呼んでくるのはパルフェットだ。彼女はこの茶会が始まる前から既に涙目で震えており、交換留学中の思い出や今後の話の最中も震え、隣に座るガイナスのケーキをこっそり失敬する最中も震えていた。――もちろんガイナスがそれに気付いていないわけがない。ケーキを盗まれる彼のなんと嬉しそうな事か。ケーキよりも甘い――

そうしてメアリの嫉妬発言に、居たたまれなくなったのか最大の震えを見せつつ切なげな声をあげている。

「メアリ様、私も誰かさんのせいで嫉妬する辛さを知っております。何も出来ずにただ焦燥感で胸を痛めるしかない日々……誰かさんのせいで、嫌というほど味わいました。……誰かさんのせいで」

「うぅ……遠隔攻撃と見せかけた直接攻撃が痛い……。すまないパルフェット、本当に申し訳ないと思っている……」

呻くように謝罪しつつ、ガイナスが手元のタルトをそっとパルフェットへと寄せる。

これで勘弁してくれという事なのだろう。パルフェットが満足そうに笑むとタルトを受け取り……そして微笑ましそうに見つめてくるガイナスの視線に気付くと慌ててプクと頬を膨らませた。もっとも、頬を膨らませつつもタルトは手放していないのだが。

こちらもまた相変わらずではないか。思わずメアリが笑みを零し……そして表情では笑いつつ、瞳だけは鋭くさせて隣に座るアリシアへと視線をやった。

「私の嫉妬はさておき。ところでアリシアさん、なんでさっきからずっと私のお腹を突っついているのかしら？　理由によってはこの茶会が泥沼の引っ叩き合戦に変わるわよ」

「……私、てっきりメアリ様がご懐妊かと思ったんです」

「はぁ？」

ペチンとアリシアの額を叩けば、ツンと彼女の指がメアリの腹を突っついてくる。随分と残念そうだ。

これにはメアリも、いったい何の話をしているのかと溜息を吐いた。出会った当時から考えの読めない相手だと思っていたが、今回は輪をかけてアリシアの言っている話が掴めない。

「そもそもね、私はアルバート家の令嬢なのよ。もしそんな事があれば私より先に医者が気付くぐらいの万全体制なんだから」

「……そのくせに胃もたれですか」

「文句はやぶ医者に言ってちょうだい」

　メアリがツンとすまして告げれば、非は自分にあると察してアディが名乗り出るようにコホンと咳払いをした。

　あのパーティーに居なかったパルフェット達でさえも、これには事態を察して「やぶ医者……」と呟いている。それに比例するようにアディの顔が真っ赤になっていくが、メアリは助け船を出さずに小さく笑みを溢した。

　だが事実、メアリにもしその兆候があればアルバート家の使い達がいの一番に気付き、メアリは自覚するより先に医者から告知されるはずである。

　仮にも――日頃の扱いには多少疑問は残るが――メアリはアルバート家の令嬢、その懐妊となれば、家どころか国外にまで知れ渡るほどの大事である。

　ゆえにアルバート家の者達はメアリの異変をすぐさま嫉妬と察し、案じつつもこれも愛しい令嬢の成長と見守っていたのだ。

　ちなみに、メアリが嫉妬を自覚し、そして己の新たな感情に居ても立ってもいられず「私、アディが好きすぎて嫉妬してたの！」と屋敷中に言いまわったのはいうまでもない。それを皆嬉しそうに聞いていた。……数刻後、またも伴侶が惚気て回ったことを知って悲鳴をあげたアディ以外は。

そんな話を聞き、パトリックが小さく「そうか……」と呟いた。

次いで隣に座るアリシアに視線を向ける。

「だからアリシアはメアリに抱き着かなくなったのか」

「……はい。メアリ様のお腹に赤ちゃんがいるなら、大事にしなければと思って」

しょんぼりとメアリの腹を突っつくアリシアに対して、パトリックは納得がいったと晴れやかな表情である。そのうえ「足を痛めたのかと心配していた」とまで言って寄越すのだから、これにはメアリがギロリと彼を睨み付けた。

「アリシアちゃんはこれを機に、お嬢に抱き着いたりお嬢を攫っていくのを止めにしたらどうかな。というか、頼むから俺からお嬢を取らないで」

「アディさん、それは無理な話ですよ」

「堂々と言い切る……！」

アディが悔しそうに唸る。

次いで彼の手がメアリの腰に添えられるのは、彼なりの自己主張なのだろう。メアリの腹をツンツンと突っついていたアリシアの指が、今度はメアリの腰に添えられるアディの手を突っつきだす。

この地味な戦いにメアリは溜息しか出ず、ふと思い立ってパトリックへと視線を向けた。

「アリシアさんがアディから私を取るのなら、私はパトリックを取ろうかしら」

「えぇ!? メアリ様、それは駄目です！」

それはいけません！ とアリシアが慌てて訴えてくる。

だがメアリはそれすらも聞かず、むしろその慌てようが面白いとニヤリと笑みを零した。

「あら良いじゃない。ちょっとくらい」

「駄目です！ パトリック様は渡しません！」

メアリに取られると思ったのか、アリシアが慌ててパトリックに抱き着いた。

渡しません！ と念を押してくる彼女を見つめるパトリックはこれ以上ないほどに嬉しそうだ。「少し落ち着け」とアリシアを宥めているが、その瞳は愛おしさしか漂わせていない。

「たとえメアリ様といえども、パトリック様は渡しませんよ！」

「まぁ、貴女意外と独占欲が強いのね。……ねぇ、本当に駄目？ ちょっとで良いのよ？」

「駄目です！」

きっぱりとアリシアが断言する。

誰もが焦がれる社交界の王子様の独り占め宣言なのだから、世の令嬢が聞けば嫉妬の炎で国一帯焼け野原になりかねない。

もっとも、言われたパトリックはいまだ嬉しそうにアリシアを眺めているのだから、これを前にすれば世の令嬢も白旗をあげるだろうが。

「メアリ様、メアリ様ぁ……！ 私は良いですよ！ ガイナス様の半分を差し上げます！」

「あらパルフェットさん、それは私も貰って良いのかしら？」

「カリーナ様!? カリーナ様もガイナス様のことが……!?」

「いえ、まったくもっていらないけど、分割する過程に興味があるの」

「分割だけが目的の方にはお譲り出来ません……！」

甲高い悲鳴をあげつつパルフェットが首を横に振る。

先程よりも震えが小刻みになっているのは、カリーナに対しての恐怖か、もしくはガイナスを渡すまいと勇み立っているからか、それとも実際にガイナスを狙う者が現れた事への嫉妬と独占欲ゆえか……。

「カリーナ様、あまりパルフェットさんを虐めないであげて」

「……マーガレット様ぁ」

「本当に欲しければ徹底的に追い詰めて、四分の三を手中に収めてから宣言しなきゃ」

「取り分を増やさないでください……！」

パルフェットが更に悲鳴をあげれば、マーガレットとカリーナが楽しそうに笑う。流石にこれは冗談と分かっているのだろう、ガイナスも苦笑しパルフェットを宥め始めた。

アリシアはいまだパトリックに引っ付き、「私は四分の一だって譲りませんよ！」となぜか高らかに宣言している。それを聞くパトリックの嬉しそうな表情と言ったら無い。

交換留学最終日を前にしても、そしてメアリが彼女達に嫉妬していたと打ち明けても、なんら変わらない賑やかさではないか。

そんな中、メアリがふとアディの手に視線をやった。

きゅっと摑めば、彼が不思議そうにこちらを向く。錆色の瞳が自分を見つめている、見つめ合うだけで幸福感が胸に満ちていく。

以前まではこの瞳に見つめられるのが当然だった。恋を知り、見つめられる事が嬉しくなり、そして愛を深めた今、見つめられるのは自分だけだと嫉妬までするようになった。

これほどまでに自分に独占欲があるなんて思わなかった。

アディと結婚してから初めて知ることばかりだ。

「私だって、誰にも渡さないんだから」

「お嬢？」

「アルバート家の令嬢の独占欲、甘く見ないでちょうだいね。四分の一だろうと八分の一だろうと、アディは私のものなんだから」

そう話しながらアディの手を強く握れば、照れ臭そうに笑いながら彼もまた強く握り返してくれた。

そんな茶会の翌日、交換留学最終日。

見送りのためカレリア学園に来ていたメアリは、朝からずっとパルフェットに抱き着かれていた。彼女はメアリの姿を見つけるやまるで磁石のようにぴったりとくっつき、時にスンスンと洟をすすり、時に「メアリ様ぁ……」とか細い声で別れを惜しみ、そして終始ふるふると振動し続けている。

酔いそう……とメアリが伝わってくる振動で緩やかなウェーブを小刻みに揺らしつつ、そっとパルフェットの頬を拭った。この振動は困るが、これほどまでに自分を慕って別れを惜しんでくれるのは嬉しくもある。

「パルフェットさん、これが今生の別れになるわけでもないんだから、そんなに泣かないでちょうだい」

「ですが、ですが……。アリシア様、アディ様、今だけはメアリ様に抱き着く権利を譲ってください……！」

「仕方ないです。お別れですもんね。パルフェットさん、思う存分メアリ様に抱き着いてください！」

「当然のように譲ってるけど、その権利はアリシアちゃんには無いからね。まぁ、さすがに今は譲りますけど」

アリシアと、そして渋々といった表情のアディに権利を譲られ、パルフェットがいっそう強くメアリに抱き着いてくる。別れを惜しむどころか、このまま連れて帰りかねないほどだ。

だが無理に引き剝がすことも出来ずメアリが困ったと言いたげに溜息を吐けば、「メアリ様」と声を掛けられた。

カリーナだ。抱き着いたりこそしないが、彼女も別れを惜しんでくれており、どこか寂しそうな表情で別れの挨拶を告げてきた。

「カリーナさん、また遊びに来てね」

「えぇ、メアリ様も是非こちらに遊びに来てください」

「遊びに行かせてもらうわ。……でも足置きは見たくないから隠しておいてね」

「もちろんです。その際にはどこかに……どこか暗く狭い場所にしまっておきます」

「それはそれで怖い」

やめて、とメアリが拒否すれば、カリーナがクスクスと楽しそうに笑う。なんて質の悪い冗談だろうか、心なしかメアリに引っ付いているパルフェットの振動も強まっている。

そんなカリーナに代わるようにメアリに挨拶を告げてきたのはマーガレットだ。彼女もまた惜しむように別れを告げ……、

「私に会いたくなったら、ダイス家でお会いしましょう。また数日中にバーナードに呼ばれて遊びに来る予定ですから」

「結構な頻度で来てるし、結構な頻度で会っているのよね。おかげで別れの寂しさが欠片も湧かないわ」

「あらメアリ様ってば、それはそれ、これはこれです。一応は別れの寂しさを出しておかないと……。あら、バーナードがこっちを見てる！」

別れの言葉の最中に、マーガレットが愛しい少年のもとへと引き寄せられていく。

だがメアリが別れの寂しさを感じないのも無理はない。なにせ現在バーナードと恋仲のマーガレットは、ことあるごとにダイス家に招かれ、バーナードが招かれたパーティーには必ず彼の隣でエスコートされているのだ。

アルバート家主催のパーティーで彼女を迎える事もあれば、ダイス家のパーティーで出迎えてもらった事もあり、両家が関与する家のパーティーで遭遇する事もある。それどころか、たまにメアリがダイス家を訪れると当然のように居たりする。

国を跨いだ他家に嫁入り前の娘が頻繁に……と思う者もいるかもしれないが、相手がダイス家と聞けば誰だって喜んで送り出すだろう。

そんなマーガレットとの別れに、今一つ気分が乗らないのは仕方あるまい。

そうメアリが考え、バーナードと楽しげに話すマーガレットを見つめていれば、ぎゅうと抱き着いてくるパルフェットの腕が強まった。どうやらメアリに頻繁に会っているマーガレットが羨ましいらしい。

「私もメアリ様ともっとお会いしたいです。そのためにはダイス家の方と……？　そんな、私にはガイナス様が……でもそうすれば、これからもメアリ様のお近くに……!?」

「あらちょっと迷走してきたわね。ガイナスさん、回収してちょうだい」

別れを惜しむあまりに迷走し始めるパルフェットをそっと体から離し、そばで待機していたガイナスへと引き渡す。

彼に抱き着いたパルフェットがふぅと一息吐いた。どうやら迷走から戻ってきたようで、

「別荘の方が手っ取り早いですね」と今度はガイナスに意地悪を言っている。

そうしてそろそろ馬車の出発……となったところで、一台の馬車が音をたてて現れた。

見覚えのある馬車だ。交換留学の初日に見た。いや、それ以降も、たとえばメアリがアディと市街地で買い物をしている時、二人で帰宅している最中、それどころか散歩をしている時にさえ、割って入るかのように颯爽と現れた馬車ではないか。

バルテーズ家の馬車、となれば誰が乗っているかなど考えるまでもない。

ベルティナである。彼女は馬車が停まるや中から現れ、白い布に銀の刺繍がされたリボンを揺らしながらメアリ達のもとへと近付いてきた。

そうしてアディの前で立ち止まり、深く頭を下げた。ゆっくりと顔を下げる表情は切なげで、顔を上げると一度アディを見つめ……次いで瞳を伏せた。

途端にしおらしくなったベルティナに、アディが気まずそうに頭を掻く。

振った相手、それもパーティーの最中にはっきりと拒絶の言葉を突きつけた相手だ。見つめられて気分が良いわけがない。だが無下にも出来ないのだろう。

「アディ様……先日は失礼致しました」

「いえ、俺の方こそせめて場所を変えるべきでした」

「私、あの後ルーク様に諭され、自分の気持ちに向き直ってみました。私ずっと昔からアディ様を慕い、理想を抱いていました……」

「そして気付きました！」

パッとベルティナが顔を上げてアディを見つめた。

その瞳には迷いもなく、あのパーティーで見せた焦燥感もない。むしろどこか晴れ晴れとしている。

「私、気付いたんです。アディ様は……今私が目の前にしているアディ様は、なんだかちょっと違うな……って！」

「なんだかちょっと違う⁉」

「はい！　なんだかちょっと違います！」

真っすぐにアディを見つめて放たれるベルティナの言葉に、聞いていたメアリがふぐっと噴き出しかけた。

ここで笑ってはまずいと己に言い聞かせ、慌てて口を引き締める。だがそれだけでは耐え切れず、肩が小さく震えてしまう。これでは笑っているのが丸分かりだ。

もっとも、口元を手で覆い顔を背け、そのうえ更に「ちょっと違う……なんだかちょっと違う……！」と呟いているパトリックよりはマシだろう。どうやらよっぽどツボに入ったらしく、あれならばいっそ堂々と笑った方がマシである。

アリシアが「パトリック様ってば、笑ったら失礼ですよ！」と咎めているが、咎められて彼の笑いが収まるとは思えない。

だが今のアディはそれどころではないらしい。ベルティナに言われたことがショックだったのか唖然としている。

「私、アディ様はもっと陰のある儚さと苦悩の狭間にいるような方だと思っていました。繊細で、深い悩みを胸に抱き、その悩みと苦悶から他者に慈愛を与えるような……。ですがよく考えてみると、アディ様は、なんだか……こう、ちょっと思い描いていたのと違っていたなって」

「別に詳しく言い直さなくても結構です」

アディが不服そうに言い切る。ベルティナに好かれたいわけではないが、「なんだかちょっと違う」という何とも言えない物言いが気に入らなかったのだろう。

思わずメアリがクスと笑みを零し、彼の隣に立ってそっと腕を擦ってやった。

「ベルティナさんにとって、アディはなんだかちょっと違っていたのね」

「えぇ、違っていましたの」

「そう。でも私は今のアディが良いわ。儚さと苦悩の狭間じゃなくて、これからも私の隣に居てくれるアディがいいの」

メアリが笑って告げる。

これを惚気と取ったのか、もしくは眼前での勝利宣言と取ったのか、ベルティナがツンとそっぽを向いた。だがそっぽを向きつつもチラと横目でメアリに視線をやり、次いで唇を尖らせつつも「……私、反省しましたの」と呟いた。

「反省？」

「あのパーティーでルーク様に叱られて、私どれだけ自分が失礼な事をしていたのかを自覚し、反省しましたの」

叱られたという時の事を思い出したのか、ベルティナがしょんぼりと俯く。頭上のリボンもよれて見え、全体から気落ちしているのが分かる。

それほどまでに……とメアリが意外に思う。

ルークは確かに威圧感のある外見をしていたが、内面は温厚な男だ。そして自らベルティナを甘やかしていると認めていた。そんな彼が、ベルティナがここまで落ち込むほどに怒るとは思えない。

だがベルティナ曰く、あのパーティーでアディの前から去った彼女をルークが追いかけ、そして開口一番に叱りつけた。『いい加減にしないか！』と。自分より一回り年上の、比べるまでもなく体躯の良い男からの叱咤に、慰めてもらえこそすれど怒られるとは思っていなかったベルティナは混乱したという。

「ルーク様は私の今までの事を怒り、どれだけ私がメアリお姉様に助けられていたかを話し……そして最後には頭を撫でてくださいました」

失恋の痛手とルークからの叱咤に混乱していたベルティナも、彼に頭を撫でられたことで落ち着きを取り戻し、そして落ち着くと共に自分の行動を省みたのだという。

隣国の名家令嬢であるメアリに無礼を働き、彼女の伴侶であるアディに露骨なアプローチをした。メアリの友人達にまで迷惑をかけ、更には隣国王女アリシアとは言い争いまでしてしまった。

アディへの愛しさとメアリへの嫉妬で向こう見ずに行動してしまったが、考えてみればバルテーズ家もろとも咎められてもおかしくない行為である。

だがそれらを問題視せず、それどころか周囲を宥めてくれたのが他でもないメアリである。ルークに諭されてベルティナが思い出せば、確かに「逃げなさい！」というメアリの声が思い出される。もしもあの場でメアリの言葉を無視して無礼な行動を続けていれば、いったいどうなっていたのか……。

ダイス家やエルドランド家、それどころか王女……。敵に回す勢力はバルテーズ家では逆立ちしたって敵わない者達だ。

「メアリお姉様は私のことを庇ってくださっていた……。私、それを自覚しましたの」

「そう、分かってくれてよかったわ。……ん？」

おや？　とメアリが頭上に疑問符を浮かべた。

先程からベルティナはおかしな呼び方をしている気がする。以前まで彼女は『メアリ様』と呼んでいたが……。

だがそれを問うより先に、ベルティナがすっと顔を上げ……そしてそのままずいと背を伸ばし、そして定番のふんぞり返る姿勢を取った。

「私、己の非を自覚し、反省しました。だから謝りに来ましたのよ！」

ツン！　と澄まして胸を張りつつ反省の言葉を口にするベルティナは、誰が見ても反省しているとは思えないだろう。相変わらず高飛車だ。むしろこれが謝る態度かと怒る者すら出かねない。

だが本人は態度と反してちゃんと反省しているようで、メアリがじっと見つめていると次第に視線をそらし……そして気まずいのか視線から逃げるように少し俯いてしまった。

くいとメアリの服の裾を引っ張り、栗色の瞳で上目遣いで様子を窺ってくる。心なしか頭上のリボンも張りを失っており、まるで耳が垂れているかのようだ。

「……さい」

「ベルティナさん？」

「……ご、ごめんなさい」

呟かれたベルティナの声は、彼女らしからず小さく弱々しい。聞き逃してしまいそうなほどだ。

婚約者さえ振り回す我が儘令嬢なのだから、きっと心からの謝罪の言葉なんて言い慣れていないのだろう。もしかしたら人生で初かもしれない。

これには思わずメアリも穏やかに微笑み、隣に立つアディと顔を見合わせ苦笑交じりに肩を竦めた。

「大丈夫よ、ベルティナさん。気にしていないわ」

「本当ですの!?」

メアリが優しく声を掛ければ、ベルティナがパッと顔を上げた。

先程までのしおらしさから一転し、満足そうな笑みに変わる。先程まで張りを失っていたリボンがいつのまにやらピンと張っているように見えるのは気のせいか。

「この私の謝罪ですもの、受け入れて当然ですわよね！」

「相変わらず復活が早いわね」

「私、今回の事で少しだけメアリお姉様の事を好きになりましたの。だからメアリお姉様も私の事を好きになってくださってもよろしいのよ！」

「はいはい、それはどうもありがとう……。ところで、さっきからちょっと私への呼び方が気になってるんだけど……」

もしかしたら聞き間違いかもしれない……とメアリが僅かな可能性に賭け、改めてベルティナに声を掛けた。

彼女はツンと澄ましたままだ。それでもメアリへと向ける視線には以前までの嫌悪はない。それどころか「私の事を聞きたいんですのね、私に興味がありますのね！」と期待をしているようにさえ見える。

「まぁ仕方ありませんわね。私もメアリお姉様の事をちょっとだけ好きになってさしあげましたもの。メアリお姉様が私の事を好きになって、私の事を知りたいと思っても当然ですわ」

「あ、これ完璧に呼んでる。間違いなく呼んでるわ」

「さぁ、メアリお姉様、質問してくださって良いのですよ。私まだ少し時間がありますから、どんな質問でも答えてさしあげますわ！」

高飛車な態度でベルティナが期待を込めて質問を急かしてくる。

だが高飛車ながらにメアリの事を『メアリお姉様』と呼んでいるではないか。ドラ学のアニメであれば『アリシアお姉様』とアリシアを呼んでいたはずが……。それも、こんなにツンとした態度ではなかった。

といっても今それを言及する事など出来るわけがなく、メアリは盛大な溜息を吐きつつ、適当な質問をしてお茶を濁そうと口を開いた。


「仕方ないからまた遊びに来てさしあげますのよ！」

という彼女らしい別れの挨拶を告げて馬車に乗りこむベルティナを見届ける。

次いでカリーナやマーガレット、そして最後までスンスンと洟をすするパルフェットとそれを宥めて馬車へと誘導するガイナス達もまた各々の馬車へと乗り込んでいった。

別れを惜しむように馬車が去り、見送りの生徒達だけが残される。そうして最後の一台を見送れば用は無く、一人また一人とカレリア学園の生徒らしく品の良い挨拶をして去っていく。

そんな中、メアリも「そろそろ……」と帰宅を匂わせた。

「アディ、市街地によってお茶でもしましょう」

「そうですね。どこかでゆっくりと……」

「わぁい、行きましょう！」

楽しみですね！　と元気の良い声が割って入ってくる。

もちろんアリシアだ。これにはメアリも文句を喚き……はせず、ペチン！　とアリシアの額を引っ叩くことで返した。言葉で言っても伝わらないと悟り、ついには無言の暴力である。

パトリックが慌てて止めに入ってくる……が、アディに視線を止めると耐え切れないと言いたげに笑いだした。「すまない」だの「失礼」だのと詫びてはいるが笑いが収まらないようで、きっとベルティナの『なんだかちょっと違う』が尾を引いているのだろう。これは根深そうだ。

「……お嬢、俺の代わりにパトリック様に一撃を」

「任せなさい。夫への侮辱は妻への侮辱！　男相手に加減は不要よ、くらいなさい！」

「パトリック様、危ない！　メアリ様、殴るなら私にしてください！」

「それはそれで好都合！」

「きゃー！　私にも容赦ない！」

ペチペチペチとメアリがアリシアの額を叩く間の抜けた音が続く。

そうして数発引っ叩き、メアリが満足そうに手を離した。刺繍の入った上質のハンカチで手を拭く姿は、先程まで自国の王女を引っ叩いていたとは思えない優雅さだ。

「これ以上アリシアさんに触っていたら、田舎臭さが移っちゃうわ。さぁアディ、行きましょう」

ツンと澄ましてメアリが歩き出す。隣を歩くアディがクックッと笑っているのはどういう事だろうか……。聞くまでも無いとメアリがよろけたふりをして彼の足を踏みつけた。

ちなみに、メアリが歩き出すと当然のようにアリシアとパトリックが付いてくる。挙げ句に

「どこのお店にしましょうか」だの「天気が良いしテラス席でも良いな」だのと話しているのだから、メアリはもう溜息を吐くしかない。

付いてくるなと訴えても聞かず、なんとか撒いたところで市街地に行くのはバレているのだから探されるに決まっている。

これはもう諦めよう……。そう考えてメアリはくるりと振り返った。アリシアとパトリックがどうしたのかと問いたそうな表情をしている。

「今日は付いてくることを許してあげるけど、お店を選ぶのは私よ。それに、私の隣にはアディが座るんだからね」

これは譲れないとメアリが断言すれば、アリシアとパトリックがきょとんと目を丸くさせ……次いで苦笑を浮かべると頷いて了承してきた。

それを見てメアリは満足そうに頷き、肩に掛かった銀系の髪をふわりと手で払って歩き出した。

交換留学終了の翌日、生徒達こそ帰国したものの、カレリア学園はいまだ交換留学時の賑わいを見せていた。

中には本格的にエレシアナ学園への留学を検討しだす者や、次こそ選ばれようと勉学に励む者もおり、交換留学自体はまずまず成功と言えるだろう。

ベルティナの一件こそあったものの、メアリも今回の交換留学自体は有意義かつ楽しく過ごすことが出来た。

「次があるなら、私達がエレシアナ大学に行っても良いわね」

「きっとパルフェット様が泣いて喜びますよ。……今も泣いていると思いますけど」

「私は最近あの子が脱水症状を起こさないか不安でしょうがないの」

そんなことを話しつつ、メアリが隣国で震える友人を思い描く。

現在地はカレリア学園の一角。生徒の休息用に設置されたテーブルセットで、学業後の長閑な一時である。心地好い風が吹き抜け、整備された木々が揺れる。

さすが貴族の子息令嬢が通う施設だけあり景観は美しく、見れば他の生徒達も談笑に花を咲かせている。

そんな中、ふと遠くを見たアディが「あれは……」と呟いた。

メアリがつられて彼の視線を追えば、道の先に見覚えのある男女の姿。金糸の少女と、藍色の髪の青年。

遠目ゆえに顔まではハッキリとは分からないが、アリシアとパトリックだろう。こちらに気付いていないのか、楽しそうに話しながら歩いている。

「あれはアリシアちゃんとパトリック様ですね。お嬢、どうしますか？　逃げますか？」

「何を言ってるの。アルバート家の令嬢である私の辞書に、玉砕、ぎゃふんはあっても敵前逃亡は無いのよ！」

「玉砕、ぎゃふんがある時点でどうなんでしょう」

「ちなみに、解雇に関しては二十ページにわたって事細かに書かれているわ」

「あ、お嬢、アリシアちゃんたちがこっちに来ますよ！」

しれっと話題を戻し、アディがわざとらしくアリシア達へと視線を向ける。これに関してメアリは解雇について詳しく説明してやろうとし……ひとまずアリシア達の方が先かと解雇については後回しにした。――「解雇の話はいつだって出来るわね」という考えの下だが、いつでも出来るからこそ今までしなかったという見方もある――

だが今優先すべきはアリシア達だ。なにせ二人は今まさにこちらへと歩いてきているのだ。

あれならばすぐにでもメアリ達に気付くだろう。

そうしたらどうなるか……。いつも通りである。

アリシアが「メアリ様！」と瞳を輝かせ、一国の王女とは思えない速さで駆けつけてくる。

そしてメアリにタックルもとい抱擁をしてくるのだ。

……そして、パトリックが困ったように笑ってアリシアの後を追ってくる。

胸の内に湧く嫉妬を押し隠しながら。

あのパーティーで打ち明けてくれた彼の話を思い出し、メアリが立ち上がった。それとほぼ同時にアリシアが足を止める。

きっとメアリ達に気付いたのだ。「メアリ様！」とアリシアの高い声が聞こえ……、

「パトリック、その子を捕まえておきなさい！」

とメアリが声を上げた。

走り出したアリシアが足を止めたのは、普段自分を叱咤するメアリが今日に限ってパトリックに対して声を上げたからか、それともパトリックに腕を取られたからか……。

なんにせよきょとんと紫色の瞳を丸くさせて立ち止まるその姿に、メアリがまったくと言いたげにふんと一息吐いた。

「お嬢、どうしました？」

「アディ、行くわよ」

「行くって、アリシアちゃん達のところにですか？」

「そうよ」

あっさりと言い切り、メアリはじっとアディを見つめ……そして片手を差し出した。「エスコートなさい！」というメアリの命令に、意図を察したアディが苦笑を浮かべて立ち上がる。ゆっくりと手を取り、「畏まりました」と深々と頭を下げる。

そうしてアディに促されるまま歩き出せば、それを見たアリシアがそわそわとしだすのが遠目でも分かった。きっと今までにない展開にどうして良いのか分からないのだろう。駆けつけたいが、来てくれるのを待ちたい……そんな表情でメアリ達とパトリックを交互に見ている。

落ち着きのない彼女の様子を眺めつつ、令嬢らしく優雅な足取りで、もちろん走る事などせず、それでいていつもより少し足早に彼女達のもとへと向かう。

そうしてアリシアの目の前に立ち、メアリは見せつけるように肩に掛かった髪を手で払った。銀の髪がふわりと揺れる。

次いでメアリが視線を向けたのは、アリシアの手元。

普段はメアリに駆け寄るや苦しいほどに抱き着いてくるその腕は、今はパトリックに摑まれている。彼の手がゆっくりとアリシアの肌を滑り手を繫ごうとしているのを見て、メアリはこれ以上は見ていられないと言いたげに視線を上げた。

アリシアはいまだきょとんと目を丸くさせ、対して彼女の隣にいるパトリックは照れ臭そうに笑っている。どちらも間抜け面だとメアリが呟き、ツンとそっぽをむいた。

「たまには私から近付いてあげない事も無いんだから、田舎娘は大人しくパトリックのそばで待っていなさい」

そう告げればアリシアが紫色の瞳をパチンと瞬かせた。

クツクツと笑うのはアディとパトリックだ。二人共なにも言ってこないが、訳知り顔はなんとも腹立たしい。

「はい！　メアリ様！」

らしくない事をするんじゃなかった、そうメアリが文句を言おうとし……、

「だから抱き着いてくるんじゃ……か、片腕でもなんて威力なの！」

と、至近距離から片腕で抱き着いてくるアリシアの衝撃に悲鳴をあげた。

甘く穏やかな一日をご所望でした

「確かに、また遊びに来るとは言っていたわね……」

そうメアリが呟いたのは、心地好い朝日が降り注ぐアルバート家の玄関先。

見栄えを意識して手入れのされた木々が風を受けて揺らぎ、花々が咲き誇るそこは美しいの一言に尽きる。

だが今更メアリとアディが感動するわけがない。見慣れた光景だ。そもそもここは国一番の名家アルバート家の玄関先、家の顔と言える場所なのだから、客人を迎えるために常に美しく保たれて当然である。

……たとえ予告も無しに訪れた客人であっても、華やかに迎えねばならない。

「けっこう早めに来るんじゃないかな……とは思っていたわ。でも、だからって、ねぇ……」

「俺としてはそもそも来てほしくないんですが、それを抜きにしても……」

そう互いにぼやくように交わす。

そんなメアリとアディの目の前には、豪華な馬車が一台。見覚えのあるその馬車の窓からは、中の主が窓辺に頭を預けて転寝しているのか、ひらひらと大きな白いリボンが揺らめいている。

そのリボンが、ピクッ！　と一際大きく揺らぐと、すぐさま馬車内に引っ込んでいった。次いでようやく主が起きたと馭者が扉を開ける。「お嬢様、着きました。起きてください」という馭者の言葉に、高飛車な「寝てないわ！」という声が被さる。

　そうして中から飛び出すように出てきたのは……ベルティナだ。

「お久しぶりですわね、メアリお姉様！」

　相変わらず高飛車にベルティナが告げる。——彼女のリボンの片側に皺が寄っているが、どうやら本人は気付いていないらしい。あれは寝ぐせのようなものだろう——

　そんな彼女に対して、メアリは溜息を吐き……、

「久しぶりって言ったって、まだ三日しか経っていないのよ」

と肩を落としつつ返した。


　突然の訪問とはいえ、無下には出来ずベルティナを客室へと通す。

　ちょこんとソファーに座り窓から覗く景色を眺めるベルティナは、まるで友人の茶会に招かれたかのようではないか。紅茶を飲む仕草も優雅だ。

「それでベルティナさん、今日はどんな用事でいらっしゃったの？」

「メアリお姉様が私に会いたいと思って、わざわざ来てさしあげましたの」

「そうなのね。安心してちょうだい、別に会いたいとか思っていないわ」

「私、交換留学のレポートもあって多忙ですのよ。でもメアリお姉様にはお世話になりましたから、こうやって時間を作ってさしあげましたの」

「ソウナノネ。ソレハ大変ナノネ」

まったく通じないわ……とメアリが呆れ交じりに棒読みで返す。

彼女は『メアリが会いたがっている』と言い張ってやまず、そのうえで恩着せがましく話してくる。これは何を言っても考えを改めないだろう。

「あの大きなリボンでおかしなメッセージでも受け取っちゃってるのかしら……」

「メアリお姉様！　私そこまで長居は出来ませんのよ！」

ベルティナが咎めてくる。きっとこれは「構って！」という事なのだろう。

分かりやすいのか分かりにくいのか、メアリが溜息を吐きつつ「はいはい」と返した。

「そうね……。それならチェスでもする？」

「その勝負、正々堂々ちょっとのハンディで受けてさしあげますわ！」

どうやらチェスは些か自信がないようで、ベルティナがツンと澄ましたままハンディを強請ってくる。ハンディを求める時でさえこの態度なのだ、徹底している。

これでもかとハンディを与えたうえで叩き潰しましょう……とメアリが心の中で呟いて微笑んだ。――その微笑みは麗しく、世の男は漏れなく虜になりそうなほどだ。もっとも、とうの昔からメアリに虜なアディにとっては、この微笑みは嫌な予感しか招かないのだが――

「それじゃアディ、チェス盤を持ってきてくれる？」

「かしこまりました。……ですが、その前にちょっと話を」

促すようにアディが立ち上がる。

メアリもそれに続いて立ち上がり、彼と共に客室を出た。チラと横目でベルティナを見れば、彼女は優雅に紅茶を飲みつつ「私、時間が無いんですのよ」と不服そうに訴えている。きっと「早く戻ってきて」という事なのだろう。

通路に出てパタンと扉を閉めると、ベルティナから見えなくなったからか途端にアディの眉間に皺が寄った。不満を露わにした表情で扉をじっと睨んでいる。

かつて自分に恋心を抱いていた相手と考えれば、この表情は無慈悲とも言えるだろうか。だがアディにとってベルティナは『自分と同姓同名の自分ではないアディに惚れた』だけであり、そのうえでメアリに迷惑をかけた人物でしかないのだ。嫌悪を抱くのも仕方あるまい。

「お嬢、どうなさるおつもりですか？　俺としては直ぐにお帰り頂きたいところですが」

「そう言わないであげて。招いていないとはいえ一応お客様よ。丁寧にお持て成ししなきゃ」

「ですが……」

メアリが仕方ないと肩を竦めるも、アディは不満げに食い下がってくる。拗ねたような表情、扉を睨み付ける錆色の瞳はどことなく恨みがましそうだ。従者気質からどんな来客であれ丁寧に迎える彼らしからぬ態度である。

無理も無いと思いつつ、我慢してもらうほかないとメアリが彼の腕を擦って宥めた。

「ベルティナさんは確かに困った子だけど、あれでも隣国の令嬢なのよ。不躾に対応して帰したらアルバート家の名に傷がつくわ」

「そうですね……」

アディが溜息交じりに了承の返事をしてくる。だがその言葉とは裏腹に声色は不満を露わにしており、納得はしたが不本意だと言いたげだ。現にいまだ扉を睨んでいる。

今日に限っては随分と粘る。相手がベルティナだからだろうか？　そう考え、ならばとメアリが「仇は取るわ」と擦っていた彼の腕をポンと叩いた。

「丁寧なお持て成しのうえ、チェスであの子を叩き潰してあげるから」

ニヤリと口角を上げて伝える。門前払いはアルバート家として頂けないが、丁寧な持て成しのうえチェスで叩き潰すのは問題無し。そう判断してメアリが得意気に胸を張った。

あのツンツンした令嬢は惨敗したらどんな反応を見せるだろうか。もしかしたら案外に粘るかもしれない。ハンディを求めてきたぐらいなのであまり期待は出来ないが、一度ぐらいは引き分けに持ち込んで欲しいところだ。

「多少は骨があると良いんだけど」

そう呟くメアリの笑みは、悪役令嬢どころではないあくどさである。冷ややかでいて楽しそうで、その表情を見てアディが盛大な溜息を吐く。メアリにはベルティナを追い返す気が無い、諦め交じりに判断したのだろう。

次いで彼は何かを決意したかのように、顔付きを真剣なものに変えた。

「かくなるうえは……！」

という彼の呟きは緊迫感すら感じさせる。

メアリが疑問を抱いて彼を見上げれば、錆色の瞳がじっと見つめ返してきた。決意と覚悟を秘めた、熱を感じさせる瞳だ。

「アディ、どうしたの？」

「俺はどうにもベルティナ様が苦手です。お嬢がベルティナ様の相手をするのを見ているくらいなら、この場を引っ掻き回してでも邪魔してみせる……！」

「引っ掻き回す……？　貴方、いったい何をするつもりなの⁉」

「やかましい令嬢にはうるさい王女をぶつけて相殺です！　ちょっと屋根に上ってきます！」

思い立ったらすぐにと言わんばかりに、アディが踵を返して走り出そうとする。きっと屋根の上から王宮に連絡をする例のシステムを使うつもりなのだろう。

だがメアリが止めるより先に「そんな！」と驚愕の声が響き、アディの足が止まった。

メアリとアディが揃って声のする方へと向けば、そこに居たのは……アリシアだ。

彼女は驚いたと言わんばかりの表情で、パタパタとアディに駆け寄ってきた。

「アディさん、まさか王宮に緊急の連絡をするつもりですか⁉」

「あ、あぁそうだけど……。アリシアちゃんに来てもらおうと思って……」

「そんな、どうしましょう。私、今王宮にいないのに」

困惑するアリシアに、理解が追い付いていないのかアディが呆然としたまま「どうしようか」と尋ね返している。

そんな二人のやりとりに、メアリが「なんで居るのよ！」と声を上げて割って入った。

「この田舎娘、堂々とうちに居るけど、いつから居たの！」

「いつから？　そんなの愚問ですよ、メアリ様」

「愚問？　なによ……」

「ねぇメアリ様、朝食のシチュー美味しかったですよね！」

「また朝っぱらから来てたのね！　いい加減に王宮に食事代を請求するわよ！」

「サイドメニューのコロッケは私の手作りですよ」

「ふむ……。今回は不問にしてあげる」

仕方ないわね、とメアリが頷く。アリシアの言う通り、今朝のシチューは美味しく、そしてなによりサイドメニューのコロッケが絶品だったのだ。

そうして改めるようにベルティナの突然の訪問をアリシアに話せば、彼女は顔をしかめて客室の扉を睨み付けた。彼女らしからぬ敵意を露わにした表情ではないか。

「先日の事があったのに、またメアリ様に迷惑をかけるなんて失礼な方ですね！」

「あんたに至っては、迷惑なうえに食費まで掛かってるんだけど」

「メアリ様を守る為、私も同席します！」

謎の使命感を抱いて胸を張るアリシアに、メアリが溜息を吐いた。

いつの間にかアディがチェス盤を持ち「二人きりで過ごせないのなら、いっそもっと混乱してしまえばいい……」と怪しくかつ自虐的に笑っている。

朝から賑やかでうんざりしちゃう、とメアリが肩を竦めつつ扉を開ければ、ベルティナがツンと澄まして「客人を待たせるなんて！」と一人残された寂しさを訴えてきた。

「別に悔しくなんかありませんのよ！　でも覚えておいてくださいませ、必ず次は私が勝ってみせるんですから！」

そう喚きつつベルティナが馬車に乗っていくのは、日もそろそろ真上に上るかという昼前。思ったよりチェスは白熱し、対戦相手を入れ替えたり、多対一で相手をしてみたり……と気付けば結構な時間を費やしていた。

そうして先程のベルティナの捨て台詞である。これにはメアリも感無量だと微笑んでしまった。ベルティナをコテンパンにし、ついでにアリシアもコテンパンにし、気分は晴れやかだ。爽快感と共にベルティナの乗った馬車を見送り、メアリが一息吐いた。

次いで隣を見る。そこに居るのは、コテンパンにしたはずがいまだ元気なアリシア。幾度となく見るも無残な惨敗をしたのだが、まったく効いていない。

それどころか、メアリと視線が合うと「そろそろお昼ですね！」と嬉しそうに告げてきた。

「なに昼食まで食べようとしてるのよ！　帰りなさい！」

「渡り鳥丼屋さんに手配を頼んでおきました！」

「ふむ、ケータリング部門も順調なのね」

これでより手広く営業できるわ、とメアリがご満悦に笑う。

それとほぼ同時に、馬車の音が聞こえてきた。

　見れば、一台の馬車がゆっくりとアルバート家の門をくぐってこちらに走ってくる。ベルティナが乗った馬車ではない。造りはしっかりしているが、華美さはない。飾りや彫り込みも控えめで品の良さを感じさせる馬車だ。

「お嬢、あれはマーキス家の馬車ですね」

「……そうね」

　もしかして、と考えつつメアリが馬車を見つめていると、ゆっくりと停まり、馭者がこちらに一礼して扉を開け……、

「メアリ様！」

　パルフェットが飛び出してきた。

「メアリ様！　メアリ様ぁ！」

　必死にメアリの名を呼んでパルフェットが駆け寄ってくる。――相変わらず遅いが――そうしてメアリの目の前までくると、パフッと抱き着いてきた。

「メアリ様、お会いしたかったです……！」

「パルフェットさん、三日よ。まだ三日しか経っていないのよ」

「分かっています。私もあと二日ぐらいは我慢しようと思っていたんです。ですが、今朝夢を見まして……」

　スンスンと洟をすすりながらパルフェットが訴えてくる。

　どうやらメアリに関する夢を見たらしく、それで会いたくなり、いても立ってもいられず馬

車に飛び乗ったのだという。

たかが夢、されど夢。それどころか「これはきっと天のお告げです」とまで言い出すのだ。

これにはメアリも興味を抱き、いったいどんな夢を見たのかと尋ねた。——ちなみに、この間アディは馭者にエルドランド家への伝言を頼んでいた。そうしてアルバート家の屋敷を見上げ、「さすがに無理か……」と呟いた——

「私が出てくる夢でも見たの？」

「いいえ、実際にメアリ様が出てきたわけではありません。私、夢の中で可愛らしい猫を撫でていたんです。そうしたらその猫の髭が突然クルンと巻かれて……。そこで起きたんですが、これはきっとメアリ様の縦ロールを示しているのだと思って」

「まさか、それで私に会いにきたの？」

「それだけじゃないんです！　もう一度寝たら、今度は茶色の猫が現れて、私の膝の上でコロンと丸くなって……それが……」

「それが？」

「まるでコロッケのようでした。そして起きた時に理解したんです。二度もメアリ様に関する夢を見るなんて、これは会いに行くべきだと。いえ、会いに行かねばならないと！」

熱烈に語るパルフェットに、メアリが僅かに頬を引きつらせた。

『パルフェットはメアリ依存が酷い』というのは周知の事で、メアリ自身も分かっていた。だがこれは依存を遥かに超えた、メアリ禁断症状ではないか。

以前冗談交じりにアルバート家の近くに別荘を建てたらどうかと話したが、もしかしたら実行する必要があるかもしれない。それも早急に。パルフェットの禁断症状が幻覚を引き起こさないうちに。

「まぁでも、来ちゃったものは仕方ないわね。せっかくだから、パルフェットさんも一緒にお昼にしましょう」

「光栄です……！」

メアリの誘いに、パルフェットがパァッと表情を明るくさせた。

その表情に中てられてメアリも穏やかに微笑めば、こちらも中てられたのかアリシアが嬉しそうにパルフェットの手を取った。

「パルフェットさん、お昼の準備が出来るまで中庭に行きましょう！」

「あらアリシアさんってば、なに同席する気でいるのかしら。貴女は帰ってくれても良いのよ？」

「そうだ！　パルフェットさん、私が咲かせた薔薇を見てください。今朝とっても綺麗な薔薇が咲いたんですよ！」

「聞きなさいよ！　あとなに勝手に他人の家に薔薇を咲かせてるのよ！」

きぃきぃとメアリが喚くが、アリシアに届かないのは今更な話だ。彼女は上機嫌でパルフェットの手を取ると、「こっちです！」と庭園へと案内しだした。

メアリがうんざりとした表情で溜息を吐き、隣に立つアディを見上げる。

「王宮から王女の食事代と庭園一部の土地代、取れると思う？」

「食事代はまだしも土地代は難しいですね。アリシアちゃんが管理するエリア、綺麗な花が咲くって評判も良いし、なにより奥方様が気に入ってるんですよ」

「さすが田舎娘、土いじりが得意ってことね。……待って、エリア持ってるの!? 庭師!?」

「ちなみにお嬢が気に入っている薔薇のアーチ、あれはアリシアちゃんの作品です」

「敏腕庭師！」

これは土地代は取れないわ、とメアリが考えを撤回する。

件のアリシア作という薔薇のアーチは、庭園の中でもメアリが一番気に入っている場所だ。白と赤の薔薇の配置が見事で、なによりアーチと噴水の距離が良い。

噴水を眺めてからアーチを潜るも、噴水の水音に導かれるようにアーチを潜るも良し。少し遠くからアーチ越しに噴水の水が輝く様を眺めるのもまた趣がある。

アーチも設置場所も全てが絶妙で、庭師を称えて特別報酬を与えようと考えていた程だ。

それがアリシア作……多少不服ではあるが、この功績は認めざるを得ない。いかに早朝訪問の田舎娘だとしても、美しいものをつくった者には敬意を払うのがメアリの信条である。

「庭園に関しては野放しにしましょう。我が家の美しい庭園のため、あくせく働きなさい！」

コロコロとメアリが上機嫌で笑う。それを聞き、アディが盛大な溜息を吐いた。

「昼まで邪魔されるのか……」

「あらアディ、何か言った？」

「いえ、何でもありません……。昼食の手配をしてまいります、庭園でお待ちください」

一度頭を下げてアディが屋敷へと向かう。その後ろ姿は心なしか切なげで、それでいて普段より少しばかり大股で歩くのは自棄になっているように見える。

どうしたのかしら……、とメアリが首を傾げるも、理由を考える間もなくアリシアとパルフェットに名前を呼ばれた。

四人で昼食を取り、穏やかに平和に談笑する。――パルフェットは定期的に泣いていたが、彼女が泣くのは平和な証だ――

そうしてゆっくりと日が傾き始めた頃、メイドがガイナスの到着を知らせた。

「パルフェット、そろそろ帰ろう」

まるで保護者の迎えのようなガイナスに、パルフェットがいそいそと帰宅の準備を始める。荷物を手に彼の隣に立ち、その腕を取り、一度穏やかにガイナスに向けて微笑む。そこまでして改めるようにメアリへと向き直り「メアリ様ぁ……」と切なげな声をあげるのは、帰りはするが別れは寂しいというアピールだろう。

この分かりやすいいじらしさに、メアリが微笑みつつもまったくと肩を竦めた。

「これは別荘計画を実行するしかないわね。アディ、目ぼしい土地をリストアップして」

「かしこまりました。アリシアちゃん、建築時の庭は任せた」

「お任せを！」

途端にやる気をだすメアリ達に、パルフェットがポッと頬を染めて止めに入る。

だがガイナスまでもがこれに乗じて「パルフェット、俺はもういっそ財産狙いでも……」と結婚をほのめかすのだ。パルフェットが頬どころか耳まで赤くさせ、無理やりに彼を馬車に押し込んだ。

そうして最後に一礼して、自らも馬車へと乗り込む。ゆっくりと走り出す馬車から身を乗り出して手を振ってくるパルフェットを見届け、メアリが一息つくと共に隣を睨み付けた。

そこに居るのは、当然のように残ってパルフェットを見送るアリシアである。

「ところでアリシアさん、いい加減に貴女も帰ったらいかが？」

「はい！」

「だから人の話を聞きなさいと……。あ、あら？　随分と素直じゃない。そうよね、半日以上入り浸っているんだもの、田舎娘といえども遠慮するわよね」

「メアリ様、今日は夜会に誘われていますよね？」

「夜会？　えぇ、誘われてるわよ。だからそろそろ準備を……まさか！」

「では現地でお会いしましょう！　また後で！」と元気よく別れを告げ、アリシアがいつの間にか来ていた王宮の馬車へと駆けて行く。その素早さと言ったら、メアリが文句を言う隙も無い。

あっと言う間にアリシアを乗せた馬車が走り出し、場が静まり返る。先程までの賑やかさが嘘のようだ。

「まったくあの子は！　夜会でまで騒いだら引っ叩いてやるわ！」

「まぁまぁ、お怒りもそのへんで。夜会の準備をしましょう」

アディに宥められ、メアリがアリシアの去っていった先を一睨みする。

だがこのまま睨んでいても意味は無い。むしろ睨むよりは一発引っ叩いた方が効果は大きい。

そう自分に言い聞かせ、気分を切り替えると共に屋敷へと戻った。

招待された夜会は、アルバート家が昔から懇意にしている家のものだ。

長い歴史があり、顔も広く、権威もある。となればもちろん……。

「メアリ様、アディさん、こんばんは！」

アリシアが招待されていてもおかしくない。いくら煩かろうが、メアリを見つけるや目にもとまらぬ速さで近付いてこようが、彼女は王女であり、彼女を夜会に呼ぶことは家の権威を示す事でもあるのだ。

そんなアリシアの襲撃に、少し遅れてパトリックが追いついてきた。彼は爽やかな笑みを浮かべており、この見目の良さに通り掛かりのメイドさえも惚れ惚れとしている。

「やぁメアリ、今日はアリシアと過ごしていたらしいな」

「あらパトリックってば、『今日は』じゃなくて『今日も』でしょ。そのうえ食事まで一緒にしたのよ。本当、王女様が図々しく入り浸ってくるなんて、光栄だわぁ」

「そうか、そんなに一緒に居るのか。君達は本当に仲が良いなぁ」

メアリが上品に笑いながら文句を言えば、パトリックもまた爽やかに笑いながら受け流す。二人が向かい合う様は麗しく、気品を感じさせる。傍目にはまるで一級品の絵画のように映るだろう。……内情を知れば白々しい麗しさにしか見えないが。

ちなみに、その間もずっとアリシアはメアリに抱き着いて嬉しそうにしている。彼女のしつこさにメアリが痺れを切らしてスッと片手を上げると、爽やかに微笑んでいたパトリックが慌てて話題を変えた。

「そういえば！」と、らしくなく声を荒らげる声には彼らしからぬ焦りの色が見えている。

もっとも、自分の伴侶が夜会の最中に引っ叩かれようとしているのだから、誰だって慌てるというもの。メアリもこれには引っ叩こうとした手を引き、「命拾いしたわね」とアリシアを睨み付けるだけに止めておいた。

「メアリ、以前にここの中庭を褒めていたよな。どうだろう、見に行かないか？」

「中庭？　そうね、確かに素敵な中庭だったけど」

話題を変えるには無理やりではないか、そうメアリが難色を示す。だがそれに被さるようにアリシアが「お庭ですか！」と声をあげた。瞳が輝いており、興奮しているのか頬もほんのりと赤くなっている。

「メアリ様が褒めた中庭！　さぁ今すぐに参りましょう！」

「な、なによ突然意気込んで」

「拝見して今後の参考にします！　アリシアエリアに更なる改良を！」

「庭師の瞳だわ！」

興奮するアリシアの瞳の中に燃え盛る庭師の熱意を見て、メアリが思わず声をあげる。

だがそんなメアリの声はアリシアには届かず、ぐいとメアリの腕を掴むと強引に歩き出した。ただでさえ日頃メアリを引っ張りまわす腕力、おまけに今は庭師の職人魂が宿っているのだ、メアリが抗えるわけがない。

「そんなにみっともなく騒ぐんじゃないわよ。恥ずかしい庭師ね」

「メアリ様、メアリ様はどんなお花が好きですか？　メアリ様の好きなお花を私のエリアにいっぱい咲かせてみせます！」

「ミントとシソ」

興奮気味に腕を引っ張るアリシアに、メアリが嫌々ながらそれに応える。――しれっと繁殖能力の高い植物を挙げてアリシアエリアを潰そうと試みる。……が、庭師がこの作戦に嵌るわけがなく、後日シソ入りコロッケと食後のミントティーが振る舞われた――

アリシアは庭師の闘志で瞳を輝かせながら、メアリはそんな彼女に強引に腕を取られながら、賑やかかつ騒がしく中庭へと向かう。後ろから付いてくるパトリックは一切アリシアを止める様子が無く、これもまたメアリには不服でしかなかった。

そうして一行の最後尾を歩くのは、

「夜会では二人で居られる……なんて元々期待してませんでしたけどね」

と、溜息交じりに呟くアディ。随分と不満を露わにした声色だが、あいにくとその声は誰にも届かなかった。


パーティーは穏やかに進み、主賓の挨拶と共に終わりを告げた。

といっても慌しく一斉解散とはならず、一人また一人と言葉を交わして会場を後にする。

メアリもまたアディとアリシアと共に馬車に乗り込んだ。

……アリシアと共に。

ちなみに、兼ねてから約束していたわけでも、どちらかが誘ったわけでもない。だというのに当然のように自然な流れで乗り込んできたのだ。わざとらしく会話に加わることも、かといって気配を消すように黙り込むこともせず。時には自ら話を振ったりする。

そうして三人で長閑に馬車に揺られること数十分、そろそろアルバート家の屋敷が見え始める頃……、

「なんで居るの⁉」

と、メアリがようやく我に返った。

「あれ、アリシアちゃん⁉　本当だ、なんで居るの⁉」

遅れてアディも驚愕すれば、アリシアがしょんぼりと俯いて「実は……」と話し出した。

当初、アリシアはパトリックと共に帰る予定だった。

二人で穏やかに馬車の中で過ごし、途中で夜景の美しい高台に寄り道をする。夜会帰りのちょっとしたデートだ。これにはアリシアも胸を高鳴らせてその時を待っていたという。

だが帰ろうとしていたところ、パトリックが夜会に来ていた彼の父や数名の学者に声を掛けられた。そのうえ、これからダイス家で学問について語り合うから一緒にどうだと誘われてしまったのだ。

それを聞き、パトリックは断ろうとした。だがそれを制止したのは他でもないアリシアである。せっかくの機会なのだから自分の事は気にしないでくれ、そう彼を促した。

『大丈夫です、パトリック様。私、メアリ様達と一緒にアルバート家に帰ります』

『すまないアリシア。話が終わったらアルバート家に迎えに行くよ』

そんな会話を交わしたのだという。

窓の外で流れて行く景色を眺め、語り終えたアリシアが深く溜息を吐いた。

最愛のパトリックの前では気丈に振る舞いはしたが、エスコートの途中で別れるのはやはり寂しいのだろう。夜風に金糸の髪を揺らす今の彼女の姿はどこか切なげだ。

「人の家の馬車で勝手にアンニュイに浸るんじゃないわよ」

「パトリック様、早く私を迎えに来て……。アルバート家に」

「改めて思うんだけど、真に正すべきは田舎娘じゃなくてパトリックじゃないかしら。ねぇアディ、どう思う？……アディ？」

ねぇ、とメアリが同意を求めつつアディへと視線を向け、ぐんなりと窓辺に寄りかかる彼の姿に目を丸くさせた。

心なしか疲労を感じさせる表情、眉間に皺を寄せて何かに耐えるように目を閉じている。

「……そう、馬車酔いなのね。最近ちょっと耐性がついてきたと思ったけど、まだやっぱり駄目だったのね」

「申し訳ありません。話に集中すると平気なんですが、ふとした瞬間に……うぅ……」

「いいの、大丈夫よ。答えなくていいからじっとしてて」

ぐったりとしているアディに休むように告げ、メアリは改めて馬車内を見回した。

アディは窓辺にもたれかかり、アリシアは外を眺めつつパトリックを想って切なげに彼の名前を呼んでいる。

夜会帰りらしい優雅さは欠片もなく、メアリは溜息を吐きつつもアディの腕を擦ってやった。

三人でアルバート家に戻り、仕方がないのでアリシアを客室に通す。

パーティー用の装いでは落ち着かないからとメアリがラフな服装に着替えて客室に戻ると、なぜかアリシアまでラフなワンピースに着替えているではないか。もちろんメアリの服を勝手に着たのではない、正真正銘彼女の服だ。

メアリが喚こうとし……出かけた言葉を飲み込んだ。アリシアが私服をはじめ私物をアルバート家に持ち込んでいるのは今更な話だ。

そろそろ彼女の部屋が出来るかもしれない、そんなことをぼんやりと考える。

そうして客室でお茶をしていると、ふぅとアリシアが溜息を吐いた。

窓の外を見て、次いで掛け時計を見上げる。夜会帰りで既に周囲は暗く、日中であれば美しい花々を風に揺らすアルバート家の庭園も夜の暗闇に染まっている。等間隔に灯る街灯の美しさはあるが、今のアリシアの気持ちを晴らしてはくれないだろう。

「……パトリック様」

紫色の瞳を伏せ、アリシアがパトリックを呼ぶ。

普段ならばメアリと過ごせることをはしゃぎ、そしてパトリックと何かあろうとも「もう、パトリック様なんて知りません！」と膨れっ面で訴える程度の彼女だが、どうやら今夜はその元気もないらしい。

華やかなパーティーでパトリックにエスコートされた。その後を二人で過ごすと約束した。

素敵な一夜になるはずだったのだ。だからこそ、今彼が隣に居ないことが普段より寂しさを募らせるのだろう。

日頃アリシアに対しては怒鳴って喚いて引っ叩いているメアリも、これには同情してしまう。パーティーに限らず、アディは常に自分の隣に居てくれるのだから尚の事。

「パトリックも、いくら忙(いそが)しいとはいえこれはマナー違反(いはん)ね。そろそろ迎えに来させないと」

「ダイス家に連絡(れんらく)をしましょうか？」

「アディ、連絡に行ってくれるの？」

「いえ、屋根に上ってライトを振(ふ)るんです」

「あのシステムはダイス家とも繋(つな)がっているのね」

「アリシアちゃんが落ち込んでお嬢(じょう)が怒(おこ)ってるって伝えたら、きっとパトリック様も飛んできますよ」

「けっこう細かなメッセージを送ることが出来るのね」

予想以上に例のシステムは優(すぐ)れているようだ。

だが今はそのシステムよりパトリックを呼ぶのが優先である。

部屋を出て行くアディを見届け、メアリはいまだ元気のないアリシアを見兼ねて紅茶を注(つ)いでやった。

やかましいのは困りものだと思っていたが、こうも静かに気落ちされると、それはそれで落ち着かないのだ。


アリシアを待たせている負い目もあったのか、もしくはよっぽど大袈裟(おおげさ)にアディが煽(あお)ったのか、パトリックの迎えは直(す)ぐにきた。

メイドが馬車の到着(とうちゃく)を知らせた直後に、数度のノックと共に返事も碌(ろく)に聞かずに扉(とびら)を開ける。

その余裕の無さと言ったらなく、あのパトリックらしからぬこの急ぎようにメアリもアリシアも唖然としてしまったほどだ。アディだけはしてやったりと笑んでいるが。

「アリシア、遅くなってすまない！」

「パトリック様、私の方こそ我が儘を言ってしまって……」

「いや、今回のことは全面的に俺に非がある。だから、アルバート家の庭師として高枝切り鋏と共に生きていくなんて言わないでくれ！」

「ですがパトリック様もせっかくお話をしていたのに。……庭師？　高枝切り鋏？」

きょとんとアリシアが目を丸くさせ、首を傾げる。

メアリも同様、パトリックの荒唐無稽な話に唖然とするしかなかった。確かにアリシアはアルバート家の庭を弄っているが、庭師になんてなるわけがない。高枝切り鋏に至っては話の意味すら分からない。

そんな二人の反応を見て、パトリックもようやく己の発言のおかしさに気付いたのか、しばし硬直し……、

「アディ、これはどういう事だ……」

と忌々し気な声色でアディを呼んだ。

その瞬間にアディが笑い出すあたり、全て彼が仕組んでいたのだろう。

「いやまさか、全部信じるなんて思いませんでした」

「仕方ないだろ、アリシアを待たせている非は感じていたんだ。そのうえ最近のアリシアは庭

師からあれこれ学んで土いじりしてて……！」

だから鵜呑みにしてしまったとパトリックが訴える。

頬を赤くさせ必死に弁明するあたり、自分がどれほど取り乱していたか自覚しているのだろう。そんな彼の必死さにアリシアが嬉しそうに笑い、駆け寄ると腕を擦って宥める。

だがメアリは宥めてやる気にはなれず、「自業自得よ」と追撃を掛けた。

「パーティーの後でエスコート相手を放っておくなんて、高枝切り鋏以下よ」

「手痛いな……。反省してる」

「でも私のせいでもあるのよね」

メアリが溜息交じりに呟けば、パトリックがどういうことかと尋ねてきた。彼だけではない、アディもアリシアも不思議そうに見つめてくる。

そんな彼等の視線を受け、メアリは過去を思い出しつつ話し出した。

「以前パトリックのエスコート相手が私だった時、どんなに蔑ろにされても怒りもしなかったでしょう？」

「そうだな、メアリ相手なら表面的なエスコートだけすれば良いと思ってた」

「私も、貴方が別の人と話し込んでいても、姿が見えなくなっても気にもしなかったわ。むしろこれ幸いとアディと厨房に逃げ込んでたし。ダンスが始まってようやく『ひとまず一曲踊ろう』って誘いに来たわね」

「あぁ、お互い心ここにあらずとはいえ、怒られても仕方ないエスコートだな」

「あの時、エスコート相手を蔑ろにしたらどんな目に遭うか、分からせておけば良かったわ」

甘かったとメアリが過去を悔やめば、パトリックが目を丸くさせて言葉を飲み込んだ。

次いでその瞳を細めさせると、ふっと笑みを零して笑い出す。

「そうだな、確かにあの時に一度ぐらい学んでおくべきだった」

「まったくだわ。一度ぐらい痛い目に遭っていれば、今夜も高枝切り鋏と同等くらいの対応は出来たかもしれないのに」

辛口で対応するメアリに、見兼ねたのかアリシアが割って入ってきた。

「メアリ様、パトリック様は高枝切り鋏とは比べ物にならないぐらい素敵ですよ！」

「あら、蔑ろにされて人の家で黄昏てたのに。いいの？　もしかしたら高枝切り鋏の方が良いエスコートしてくれるかもしれないわよ？」

「私はパトリック様のエスコートが良いんです。いえ、パトリック様のエスコートじゃなきゃ嫌なんです。……だから、ちゃんと最後までエスコートしてくださいね」

パトリックの腕をきゅっと掴んでアリシアが彼を見上げる。

それを聞いたパトリックの嬉しそうな表情と言ったらなく、二人きりだったなら間違いなく抱きしめていただろう。メアリが「お熱いことで」と茶化すも、それすらも届いていない。

改めて夜間の訪問を詫びるパトリックと――詫びるところはそこだけではない気もするが――彼が来てくれたことで普段の調子にもどったアリシアを見送る。

彼等を乗せた馬車がゆっくりと去っていけば、周囲がシンと静まり返った。少し待てども他の馬車が来る様子もなく、ただ沈黙が続くだけだ。風が草木を揺らす音が聞こえてくる。

これでようやく落ち着いた……とメアリが肩を竦めて空を見上げれば、すでに月は真上に上っているではないか。

これから入浴を済ませて就寝の準備と考えると、ベッドに入れるのはいつになるのやら。

「あの田舎娘め、明日も早朝から来たら薔薇のアーチに誘い込んで引っ叩いてやるわ。ねぇアディ……アディ？」

屋敷に戻ろうとしていたメアリが振り返る。

見ればアディがどことなく不満そうにしている。眉間に皺が寄り、じっとりと見つめてくる錆色の瞳はまるでこちらを責めているかのようだ。

いったいどうしたのかと問えば、彼は無言で近付いてくるや抱きしめてきた。突然のこの抱擁に、メアリが首を傾げつつも彼を見上げる。

「アディ、どうしたの？」

「お嬢、今日の本来の予定を覚えていますか？」

「本来の予定？　今日は夜会だから、それまでは……」

言いかけ、メアリは言葉を止めた。本来の予定を思い出したのだ。

といっても今日の予定は夜会しかなく、それまではアディと二人でゆっくりと過ごす予定だった。のんびりと部屋でお茶をして、他愛もない話をして、食事も部屋でとり、ちょっと庭園

を散歩して、少し転寝して……。もちろん、ずっと二人で。

　そんなだらけた一日を過ごし、最後にだらけた分を夜会で取り戻そうと話していたのだ。

　ところが実際は、朝からベルティナに訪問され、それが帰ったと思えばパルフェットが泣きながら現れた。彼女をガイナスに回収させれば、休む間もなく夜会の準備。夜会の最中はアリシア達と中庭を眺め、帰り際にはなぜかアリシアの保護を押し付けられ、パトリックの迎えを急かし……。

　そうしてようやく今に至るのだ。二人でのんびりなど一時もなかった。

「もしかして、それでずっと拗ねてたの？」

「……拗ねていたなんて子供扱いしないでください。でも、朝からずっと邪魔をされて良い気分ではありませんね」

　むすっとした表情でアディが訴える。拗ねていないと言い張っているが、これは誰がどう見ても拗ねていると分かる。声色もどことなく不機嫌で、抱き締めているくせにメアリの視線から逃げるように他所を向いてしまう。

　なんて分かりやすいのか、だがメアリにだって言い分はある。

「私に言われてもしょうがないわ。私だってゆっくり過ごしたかったのよ」

「いいえ、これはお嬢の人望のせいです」

「私の人望？」

　アディの言葉に、メアリがパチンと瞬きをした。

人望とはどういうことか、もしかしてそのままの意味だろうか。

「アディ、何を言ってるの？　私に人望なんてあるわけないじゃない」

「これだからお嬢は……！　人間関係の把握能力がドリル期で止まってる！」

「ドリル期って何よ！」

きぃきぃとメアリがアディの腕の中で喚く。

怒りのままに彼の胸元に手を添え、ぐいと体を離すように力を入れた。「放しなさいよぉ……

……！」と訴えると共に力をこめて脱出を図る。

だが元より体格腕力ともに差があるのだ。逃げられるわけが無く、ならばと擦り抜けようともがくも今夜に限ってはきつく抱きしめられて叶いそうにない。

叫んで助けを求めてみようか……と考え、己の中で却下した。

今は随分と遅い時間だ。そんな時間に夫婦の揉め事で騒いで人を呼ぶのはいただけない。それに仮に誰か来てくれたとしても、この光景を見て助けてくれるだろうか。

白い目で見てくるか、せいぜい「あら大変ですね」と心の籠っていない言葉で流されるかだ。もしかしたら、先程メアリがパトリック達に放った「お熱いことで」という皮肉をそっくりそのまま言われるかもしれない。

つまり、この窮地は一人で脱しなければならないのだ。

そう考え、メアリはアディを見上げた。

「ねぇアディ、明日も田舎娘は来ると思ぅ？」

「多分朝から来ると思いますよ。朝というか、むしろ早朝」

「私、あの子を薔薇のアーチに誘い込んで引っ叩いてやりたいの。美しい薔薇のアーチの中、涼しげな噴水の音を聞きながら……。ロマンチックな一撃を放てる気がするわ」

「ロマンチックな一撃とは」

「あと見せしめもかねてパトリックも同席させたいわ。目の前で伴侶がロマンチックに引っ叩かれれば、さすがにパトリックも考えを改めるでしょう」

「そうですね。でもどうするんですか？」

「それが考え物なのよね。時間が無いし早急に作戦を練らなきゃいけないんだけど、私一人で考えられるかしら」

悩まし気にメアリが溜息を吐いた。

どうしようか、いい考えが浮かばない、時間がないのに……と。

そうして最後に「誰か相談に乗ってくれないかしら」と呟けば、言わんとしている事を察してアディがより強く抱きしめてきた。

「お嬢、俺が相談に乗りますよ」

「あら、本当？」

「ええ、いつだってなんだって、結果はさておき、二人でやってきたじゃないですか」

ねぇ、とアディに同意を求められ、メアリは柔らかく微笑んで返した。

確かに彼の言う通り、ずっと昔から、それこそメアリが前世の記憶を思い出した時だって、何かあればメアリはいつもアディに相談していたのだ。

高等部時代の没落、大学部に入ってからの騒動、渡り鳥丼屋開業……。なんだっていつだって、——没落云々に関しては彼の言う通り結果はさておき——二人でやってきた。

「それじゃ今回も相談に乗ってちょうだい。場所は……アディに任せるわ」

エスコートを強請るようにすっと片手を差し出せば、逃がすまいときつく抱きしめていたアディの腕がゆっくりと解かれる。

抱き締めていた腕が離れて行くのは少し惜しいが、その代わりに手を握ってくれるのだ。温かな彼の手が優しく包んでくる。

「ではご案内します」

「お願いね」

そう交わし、促されるように歩き出した。


そんな夜を過ごした翌朝……。

「呼びつける！　前に！　いるんじゃないの！」

「きゃー！　アーチが！　アーチの薔薇の棘が邪魔をして逃げられない！」

メアリとアリシアの声がアルバート家の庭園に響いた。

うまくいったと満足げにその光景を眺めるアディの隣では、パトリックが止められずに顔を背けている。彼の手に握られているのは、アルバート家の家紋が印された一枚の用紙。

いったいなにか……。

アリシアに掛かった食費と土地代の請求書である。

上質の紙に洒落たレタリングだが、内容はきっちりと請求されている。さすが日々入り浸っているだけあって相当な額になっており、それを見た瞬間にパトリックはこれほどまでかと頬を引きつらせていた。――といっても払えない額では無いのだが、内容が内容なだけに、複雑な彼の胸中は支払いに抵抗しているようだ――

「アリシア、すまない……。請求を不問にするため、今は耐えてくれ……！」

「耐えるもなにも、そもそもアリシアちゃんに掛かった費用なんですけどね。まぁたまにはお嬢にストレス発散させてあげてください」

「きゃー！　メアリ様、押さないで！　刺さる、薔薇の棘が刺さります！」

「刺そうとしてるのよ！　大人しくアーチのオブジェになりなさい！」

嘆いたり喚いたり、長閑なアルバート家の庭園に、やかましい声が響き続けた。

あとがき

こんにちは、さきです。

『アルバート家の令嬢は没落をご所望です』４巻をお手にとって頂き、ありがとうございます。

相変わらずなキャラクター達のドタバタしたお話、いかがでしたでしょうか？


とても有り難いことに、コミカライズが開始しております！

ドリル時代……もとい、高等部時代。アディとの関係も『変わり者な令嬢と無礼な従者』でしかなく、既に甘々な二人を書いているだけにもどかしくもありニヤニヤとしてしまいます。

小説と合わせて漫画でも楽しんで頂ければ幸いです。


双葉様、またアルバート家のキャラを描いて頂けてとても嬉しいです！

担当様、コミカライズ含め色々と導いて頂きありがとうございます。

そして読んでくださった皆様、本当にありがとうございます！


ではまた、お会いできることを願って。

さき

「アルバート家の令嬢は没落をご所望です 4」の感想をお寄せください。
おたよりのあて先
〒102-8177 東京都千代田区富士見2-13-3
株式会社KADOKAWA 角川ビーンズ文庫編集部気付
「さき」先生・「双葉はづき」先生
また、編集部へのご意見ご希望は、同じ住所で「ビーンズ文庫編集部」
までお寄せください。

アルバート家の令嬢は没落をご所望です 4

さき

角川ビーンズ文庫 21081

平成30年8月1日 初版発行
令和7年1月10日 3版発行

発行者————山下直久
発　行————株式会社KADOKAWA
〒102-8177 東京都千代田区富士見2-13-3
電話 0570-002-301(ナビダイヤル)
印刷所————株式会社KADOKAWA
製本所————株式会社KADOKAWA
装幀者————micro fish

●お問い合わせ
https://www.kadokawa.co.jp/ (「お問い合わせ」へお進みください)
※内容によっては、お答えできない場合があります。
※サポートは日本国内のみとさせていただきます。
※Japanese text only

ISBN978-4-04-107025-3 C0193 定価はカバーに表示してあります。 ◆◆◆

さき
イラスト◆ぽぽるちゃ
お飾り聖女は前線で戦いたい
聖女と騎士の“兼業”禁止!
WEB発、二重生活の秘密の恋!
①②巻
発売中

第18回
角川ビーンズ小説大賞
原稿募集中！
カクヨムからも応募できます！
ここが「作家」の第一歩！
賞金
大賞 100万円
優秀賞 30万円
奨励賞 20万円
読者賞 10万円
締切
郵 送：2019年3月31日（当日消印有効）
WEB：2019年3月31日（23:59まで）
発表
2019年9月発表（予定）
応募の詳細は角川ビーンズ文庫公式HPで随時お知らせいたします。
https://beans.kadokawa.co.jp/
イラスト／たま